KB057458

그렇게, 아버지가 된다

그렇게, 아버지가 된다

윤용인 지음

알키

내 아버지 윤두영과 내 어머니 박치분,

자신의 이야기를 쓸 수 있게 허용해 준 통 큰 아들 윤 솔,

아빠 힘의 원천인 딸 윤다은,

아빠보다 더 위대한 엄마 김인숙,

힘든 시기에 가장 큰 힘을 준 이인화 선생, 천안의 송 선생

그리고 세상의 모든 인연들과 아버지들에게

시작하며

좋은 아버지가 어떤 아버지인지 나는 잘 모른다. 누구는 아이에게 엄한 아버지가 좋은 아버지라 말하고, 누구는 아이를 친구처럼 대하는 아버지가 좋은 아버지라 말한다. 어떤 이는 자식과의 시간을 충분히 갖는 아버지가, 또 어떤 이는 아이에게 자유의 시간을 충분히 주는 아버지가 좋은 아버지라고 한다. 그러면서 대개는 이런 말을 한다. "아버지가 모범을 보이면, 아이들은 잘 된다"고.

모든 사람들은 자기만의 경험과 방식으로 좋은 아버지에 대해 정의하고 그것을 유일한 정답인 양 간주한다. 그러나 각각의 아이가 저마다의 품성과 색깔을 가지고 있는데, 아이를 대하는 아버지의 방식이 어찌 하나의 답으로 일반화될 수 있을까. 오히려 아버지들은, 콩 심은 데 콩 나고 팥 심은 데 팥이 난다고 믿었지만 콩이라고 생각했던 아이가 어느 날 팥이 되었다가 수수가 되었다가 보리가 되는 그 변화무쌍한 과정 앞에서 좋은 아버지가 되어야 한다는 강박을 등에 지고 이러지도 저러지도 못하고 있다. 그리고 그 '갈팡지팡'은 언제나 외로움이라는 감정을 동반하게 마련이다.

나는 내 아버지를 아버지가 아닌 한 명의 사람으로 바라보는 데 사십 년 넘는 시간이 필요했다. 아버지는 나에게 애愛보다는 증憎 쪽에 더 많이 가 있는 분이었다. 아버지는 가족에게 무관심했고, 무책임했으며, 이기적이었다. 당신 같은 아버지가 되지 않겠다는 것이, 성장기부터 나를 지배한 정언명령이었다.

불혹의 나이를 넘긴 후, 나는 아버지의 무덤 앞에서 시대를 잘못 만나 날개 한 번 펼치지 못한 한 남자의 불우한 삶에 소주를 올렸다. 내 관점에서만 아버지를 바라보던 그 오랜 습관을 버리자 아버지의 인생이 보였고, 그것이 가여워 나는 홀로 울었다.

그 즈음은 내가 두 아이의 아버지로서 많은 혼돈을 겪던 시기이기도 했다. 늘 좋은 아버지가 되고자 했던 나의 노력 그리고 이 정도면 괜찮은 아버지라는 자위가 착각일 수도 있겠다는 생각이 고개를 들던 때였다. 아이들은 자라면서 점점 낯설어졌고, 내 바람과 정반대의 길을 가는 경우도 허다했다.

다행히 틈틈이 아이들에 대한 글을 중단 없이 쓴 것이 그 방황의 시기를 견딜 수 있었던 큰 힘이 되었다. 글을 쓰는 과정은 내가 내 아버지를 새롭게 보듯, 나와 내 아이를 객관적으로 바라보는 시간이 되어 주었다.

아이들이 태어나고, 걷고, 유치원에 가고, 학교에 가고, 사춘기를 겪고, 어른이 되는, 그 성장의 기록들을 엮어 이 책이 나왔다. 한 번에 쓴 글들이 아니다 보니 각 글 사이에 시차가 있어서, 혹여 읽는 데 혼란이 있을지도 모르겠다. 그러나 다섯 살 아이의 아빠, 열 살 아이의 아빠, 스무 살 아이의 아빠로서, 당시의 감정과 느낌을 그대로 살리는 것이 '그렇게, 아버지가' 되어 가는 과정을 잘 보여 줄 것이란 생각에 현재 시점 기준의 편집은 자제했다.

섬에 갇힌 아버지들, 그것이 요즘 아버지들을 정의하는 내 시선이다. 외로운데 그 외로움을 구체적으로 표현해 내지 못할 때 세상의 아버지들은 침묵하고, 그 침묵을 보는 가족들은 아버지를 외면한다. 심리학의 용어를 빌린다면, '미해결 과제의 악순환'인 셈이다.

아버지가 된다는 것은 곧 한 인간이 보다 완성된 모습으로 진화해 나가는 것이라는 믿음을, 나는 가지고 있다. 그리고 이때의 진화가 단지 '전통적인 가족 모럴 속에서의 아버지 역할 찾기'라거나 '희생과 소통 등의 관념어 강화하기'를 의미하지 않음은 물론이다. 그보다는 오히려 섬을 탈출하거나 또는 섬 안에서 자유로울 수 있는 방법을 모색하는 것이 섬 안의 아버지들의 인생을 스스로 구원하는 방법일 것이다.

'아버지'라는 이름으로 불리는 세상 모든 이들이 한 명의 인간으로서도, 한 명의 아버지로서도 행복해지기 위한 길을 모색하는 데 이 책이 작은 도움이 되길, 진심으로 바란다.

윤다은, 윤솔의 아버지

윤용인

차례

1장

부정否定만이 부정父情이다

아버지는 자식을 낳고, 자식은 아버지를 낳고

"결혼하면 좋아요?"

처녀, 총각에게 이런 질문을 받으면, 딱 부러지게 할 말이 없다. 마냥 좋다고 하기에는 그들을 수렁에 빠뜨리는 것 같아 찔끔하고, 나쁘다고 하기에는 꼭 그렇지만도 않은 것 같아 주춤한다. 좋은 것도 같고, 나쁜 것도 같으니 "몰라. 궁금하면 직접 해 봐"라는 성의 없는 답변을 되풀이할 수밖에 없다.

비슷하긴 하지만, 조금 더 도발적인 물음도 있다.

"아이 낳으면 좋아요?"

상대는 이미 '무자식 상팔자론'의 근거를 여럿 갖고 있다. 이 험난한 세상에 불안해서 아이를 어떻게 키울 것이며, 그 비싼 사교육비는 어떻게 감당할 것이며, 그렇게 키워 놓은들 무슨 부귀영화를 바랄 것이냐는 말들이 입 안에서 출동 대기 중이다. 나를 포함해 지금 부모가 된 이들도 결혼 전에는 같은 생각을 가진 적 많았을 테니, '올챙이 적 생각 못 하는 개구리'라는 욕이라도 들을까 봐 반박도 제대로 못 한다.

그러나 개구리들의 마음속에 흔들리지 않는 답변은 있다. 과거로 돌아가더라도 지금의 내 새끼는 낳겠다는 것이다. 그 단호함은 저출산, 고령화 시대를 내 일처럼 걱정하는 애국심의 발로도 아니요, 이미 엎지른 물을 어쩔 것이냐는 체념 속 자기 긍정도 아니다. 무자식 옹호론자의 지적대로 때때로 말 안 듣는 아이는 철천지원수 같고, 학원비 대느라 등골은 엄청나게 휘지만, 부모가 되어야만 누릴 수 있는 몇 가지 대체 불가능한 행복을 알기 때문이다.

어린 새처럼 입만 뻐금뻐금 벌리며 먹이를 받아먹던 아이가 식탁에 앉아 밥 한 그릇을 비워내는 모습은 얼마나 보기 좋은지, 식탐마저도 대견하게 여겨질 정도다. 씩씩하게 한 수저, 한 수저 밥을 제 입에 퍼 나르는 아이를 뿌듯하게 바라보며, 부모는 뱃속에 삶의 용기를 담는다. 어느 휴일, TV 코미디 프로그램을 물끄러미 함께 보다가 아이가 까르르 자지러지듯 웃을 때 부모는 시선을 화면에서 아이 얼굴로 돌리며 실금실금 웃는다. 제 새끼의 울고 웃는 모습, 그 감정 표현이 느닷없이 신기하고 황홀하다. 누구에게도 설명할 수 없는 이 희한한 감동 앞에서 부모는 부처님 같은 표정으로 아이에게 묻는다.

"그게 그렇게 재미있니?"

소주 한잔을 걸치고 귀가한 새벽, 세상모르고 자고 있는 아이의 모습을 빨간 눈으로 바라볼 때 부모의 마음에는 하얀 평화가 내린다. 오늘이 어제 같고, 어제가 그제 같은 일상이지만, 그제보다 어제, 어제보다 오늘 더 커져 가는 아이의 발을 확인하는 기쁨은 부모만이 누릴 수 있는 한 아름의 실감인 것이다.

2009년 커크 존스Kirk Jones 감독의 영화 〈에브리바디스 파인*Everybody's Fine*〉은 로버트 드 니로Robert De Niro가 주인공인 아버지 역을 맡았던 영화다. 영화에서 아이들 양육은 대개 어머니의 몫이었다. 아이들이 커서 객지로 나간 후에도, 아이들과의 소통은 주로 아버지가 아닌 어머니가 맡았다. 그러다 아내가 죽자, 드 니로는 뉴욕부터 라스베이거스까지 네 명의 자식들이 살고 있는 집을 찾아간다. 그 과정에서 성장한 사식들에 대해 그리고 그 자식들이 바라는 행복에 대해, 아버지인 자신이 참 몰랐다는 것을 느낀다. 그러면서 아버지와 다 큰 자식 간에 새로운 관계가 만들어진다.

이 영화에서 인상적이었던 것은 아버지가 자식들의 일상에 깜짝 방문을 했을 때 그 자식들이 성인의 모습이 아닌 대여섯 살 어린아이의 모습으로 아버지에게 다가오는 연출 장면이었다. 그 부분을 볼 때 특히 자식을 키우는 관객이라면, 하나같이 가슴이 먹먹했을 것이다. 대부분의 부모는 자기 품을 빠져 나간 자식을 대견해하지만, 한편 늘 자신의 품 안에서 가장 예뻤던 아이들을 생각하며 '앞으로 절대 다시 돌아오지 못할' 그 시기를 그리워하고 애틋해한다. 가슴에서 꼼지락거리던 새끼와의 일체감이 그리움이라면, 더 많이 사랑해 주지 못한 것 같은 미안함이 애틋함이다.

자식을 통해 미래를 보상받으려는 부모도 더러 있지만, 더 많은 부모는 아이가 자라면서 주는 작은 감동만으로도 아이에게 받을 것은 다 받았다고 생각한다. 부모 되지 않은 자에게 아이는 선택이겠지만, 부모 된 자에게 새끼는 낮과 밤을 지켜 주는 가슴속 해와 달인 것이다. 세상에는 말로 표현할 수 없는 감동도 많다. 아이를 키우는 부모는 죄다 표현력이 부족하다. 우리의 부모가 그랬고, 부모 된 우리도 그러하다.

특히 남자에게 자식은 또 다른 의미를 갖는다. 자식을 낳으면

부모는 늘 자신의 품 안에서 가장 예뻤던
아이들을 생각하며 '앞으로 절대 다시
돌아오지 못할' 그 시기를 그리워하고 애틋해한다.

남자는 아버지가 된다. '생물학적 아버지'가 탄생하는 것이다. 아버지는 자식을 양육하고 책임지고 그들과 일체감을 느끼고 그들을 분신이라 생각한다. 그러나 원하지 않았지만, 아이는 크면서 아버지들이 자신의 아버지에게 그러했듯이, 아버지에게 저항하고 대립하며 반목한다. 처음 당해 보는 내 새끼의 반란에 아버지들은 상처 입고 분노하며, 체념과 서운함, 우울, 자책 등의 다양한 감정을 경험한다. 그리고 이때 또 한 번의 변화가 일어난다. 바로 '고뇌하는 아버지'가 탄생하는 순간이다. 고뇌하는 아버지는 자식을 포함한 가족 구성원과 맺는 관계 그리고 그 관계 속 자기 인생의 정체성을 새롭게 만들어 간다.

생물학적 아버지의 주인공은 자식이지만, 고뇌하는 아버지의 주인공은 아버지 자신이다. '아버지는 이러이러한 사람이어야 한다'에서 '나는 이러이러한 아버지가 되려 한다'의 '부성父性의 개성화個性化' 여정이 이때 시작될 수 있는 것이다. 그리고 이 시기는 공교롭게도 남성이 육체적, 정신적으로 큰 전환기를 겪는 중년기와 겹친다.

아이를 낳으면 좋은지 아닌지를 여전히 딱 부러지게 답할 수는 없지만, 수컷에서 생물학적 아버지로 그리고 고뇌하는 아버지로 변신할 수 있게 해 주는 전제는 자식이다. 기세등등한 사내로 살다가 자식 때문에 행복하고 웃고 감동하는 아빠로, 다시 또 그 자식 때문에 울고 가슴을 태우고 탈모를 겪는 아버지로 변해 가는 고뇌의 과정에서, 남자들은 한 뼘씩 마음의 폭이 커지고 정신의 키가 자란다.

아버지는 자식을 낳고, 자식은 아버지를 낳는 것이다. 그러니, 아이가 어찌 특별하지 않을 수 있을 텐가.

/

사내놈들은 원래 그렇게 크는 거야

/

중요한 외부 미팅을 하고 있는데, "딩동" 하고 문자메시지 알림음이 울렸다. '지금 통화 가능해요?'라는 아내가 보낸 메시지였다. 잠시 밖으로 나와 아내에게 전화를 하니 아내의 첫마디는,

"여보, 어떻게 해. 아들이 사고를 쳤어."

차분하게 말을 해 보라고 했더니 아내는 떨리는 음성으로 아들이 교실에서 다른 아이에게 해코지를 했다고 전한다. 그 해코지도 그냥 해코지가 아니란다. 자로 친구의 팔과 배를 찔렀다는 것이다. 이 해코지를 당한 아이의 부모가 노발대발하는데, 자신이 혼자서 그 아이 부모를 만날 수 없으니 지금 빨리 집에 와 달라는

것이 아내의 용건이었다. 아내는 이야기 끝에 기어코 울음을 터트린다.

"나는 진짜 더는 감당이 안 돼. 이제는 흉기까지 쓰면서 말썽을 피우잖아. 여기서 더 문제가 커지면 학교를 옮겨야 할 테고, 새로운 학교에 가면 문제아로 또 낙인이 찍힐 거고, 인정받지 못한 아이는 점점 엇나갈 거고, 나는 학부모의 따가운 시선을 계속 받아야 하고…. 정말 자신이 없어."

나는 아내에게 일단 벌어진 일이니 차분하게 하나씩 풀어 가자고 달랜 후에, 우선 다친 아이의 부모에게 전화를 걸어 아이 상태를 알아보고 직접 가서 아이를 살펴보는 것이 순서라고 말했다. 그리고 다시 전화를 주면 내가 가겠다고 했다. 두어 시간 후에 아내는 다시 문자를 보내 왔다. 잘 해결되었으니, 집에 올 필요가 없다는 것이었다.

일찍 퇴근을 해서 집에 들어가 보니, 낮 동안에 무슨 일이 있었느냐는 듯이 모자母子가 정겹고 집안은 화목하다. 얘기인즉슨, 녀석을 데리고 다친 아이의 집에 갔는데 그 아이는 상처도 거의 없었고 그 아이의 엄마는 오히려 사내애들끼리 서로 토닥거리다 생긴 일 아니겠느냐며 둘을 화해시키더란다. 오히려 처음에 자기 아들의 전화만 받고 너무 흥분해서 학교 선생님에게 항의한 자신의 경솔함을 사과까지 하더란다.

나는 제 방에서 열심히 공부하는 '척'하며 아빠의 눈치를 살피는 녀석을 불러내 따끔하게 주의를 주고, 아내와 마주 앉았다. 아내는 여전히 제 마음대로 되지 않는 아이의 미래를 불안해하고 있었다. 그러면서 아빠가 아이에게 너무 관대한 것이 아니냐는 불만도 숨기지 않았다. 그것은 얼마 전에 있었던 도난 사건(?)에 대한 나의 반응이 영 못마땅하다는 뜻이기도 했다.

퇴근 후 거실에 놔두는 지갑에서 만 원짜리가 한 장씩 자꾸 사라져 이상하다 생각하던 참에, 아들이 아빠 지갑에 손대는 것을 아내가 현장에서 목격한 것이다. 아내는 그날 밤 나에게 이러다가는 아이를 도둑놈으로 키우게 되는 것 아니냐며 탄식했고, 나는 이렇게 말했다.

"사내놈들은 그렇게 크는 거야. 지금은 지갑에 돈이 없어지고, 좀 더 지나면 아빠의 담배가 한 개비씩 사라지고, 좀 더 지나면 군대 간다고 없어졌다가, 그다음엔 제 여자 만나 부모 곁에서 사라지는 것이 아들이라는 짐승이지."

같은 성性을 가지고 있다는 이유로 아들의 행동을 과거의 자기 모습에 비추어 바라보는 아빠와 열 달을 품고 있다 제 배 아파 낳은 모성으로 무장한 채 아들을 바라보는 엄마는, 이번에도 아이를 가운데 두고 확연한 입장 차를 드러냈다. 나는 한 달 전 바라본 집 앞의 나무가 서른 날 동안 바람과 햇볕과 비를 맞으며 또 다른 나무로 자랐을 때 한 달 전 나무와 지금의 나무가 어찌 같은 나무일 수 있겠냐며, 아이도 성장의 매 순간마다 다른 사람이 되는 거라고 이성적 분석을 내놨다. 그러나 그마저 엄마의 본능적 아이 사랑 앞에서는 남의 자식 말하듯 한다는 핀잔만 돌려받을 뿐이었다. 그렇지만 그것이 하나도 서운하지 않은 것은, 나 역시 다른 사람들이 그러했듯 맹목적이고 동물적인 어머니의 사랑으로 컸기 때문이었다. 다만 한 가지는 분명하게 말했다.

"나는 당신이 아이 문제를 '지금 여기'의 마음으로만 다가가면 좋겠어. 아이가 싸움을 했다면, 아이의 지금 정서와 뒤처리에만 집중하자고. 깡패가 되고 도둑이 되고 전학을 가고 외톨이가 되고 하는 것은 부모의 마음이 만들고 있는 허구의 미래 소설이잖아. 마음이 만든 미래에 미리 가서 괴로워해 봐야 느는 것은 주름살과 스트레스뿐 아니겠어?"

곰곰이 듣고 있던 아내도 내 말이 맞는 말인지 알지만 그렇게 하기가 참 힘들다고 했고, 그래도 애써 보겠다고 했다. 아내가 인정한 대로 그것이 얼마나 힘든 '마음 챙김'인지를 너무나 잘 알기에, 그런 말을 한 나 자신도 머쓱해졌다. 그러나 그것은 아내와 내가 그리고 아이를 키우는 모든 부모가 함께 생각해 봐야 할 문제라고 나는 믿는다.

내 뜻대로 안 되는 아이 때문에 가슴을 치고 한숨을 쉬고 눈물을 흘리며 괴로워하는 것은 기대에서 벗어나는 아이의 미래를 마음대로 상상하고 확신하며 재단하는 부모의 '자발적 전지전능함' 때문 아닐까? 그 예언이 절대 들어맞지 않는다는 것은 지금 이 땅이 온통 깡패와 도둑의 소굴이 되지 않은 것만 봐도 알 수 있다.

생각해 보면, 문방구와 만화 가게에서 한 건씩 슬쩍 하고 온 어린 아들을 앞에 두고, 우리의 어머니들도 늘 이런 말씀을 하셨더랬다.

"아이구, 내가 제 명에 못 산다. 내가 아들을 낳은 거야, 웬수를 낳은 거야? 아님 깡패와 도둑 새끼를 낳은 거야?"

그래, 어머니의 그것은 분명 기우였다.

고집 센 아들과 대화하는 법

초등학교 육 학년이 됐을 때 아들은 느닷없이 축구를 하고 싶다고 했다. 한두 번 고집 피우다 꺾일 기세가 아니었다. 아들은 자기 친구가 축구부가 있는 학교에서 정식 축구 선수로 뛰고 있다며, 자기도 그쪽으로 전학을 시켜 달라고 제 엄마를 조르기 시작했다. 그때 아이의 눈빛은 가히 죽음마저도 불사하겠다는 결연함으로 가득 차 있었다.

엎어지면 코 닿는 데 학교를 놔두고, 삼십 분간 버스로 통학해야 하는 학교로 전학을 가서, 죽으라고 공부만 해도 초등학교 내내 논 것을 회복하기도 힘든 판국에 공을 차겠다고 하고 있으니, 제 엄마 입장에서는 기가 막힐 노릇이었다. 그러나 전학만 시켜주면 공부도 열심히 하겠다는 아이의 말에 혹한 아내는, 사식 이기는 부모 없다며 아이를 전학시켰다. 그렇게, 아이는 꿈에 그리던 축구 선수가 됐다.

아빠의 고민은 엄마의 그것과 차원이 달랐다. 축구를 하든 농구를 하든, 운동을 하겠다는 아들을 말릴 이유는 없었다. 세상 모든 아이들이 공부만 해야 할 필요도 없다. 어차피 그렇게 공부만 하는 아이들 중에도 누군가는 낙오가 될 수밖에 없는 것이 현실이다.

다만 나는 반드시 박지성이 되고 말겠다고 호언장담하며 공을 드리블하는 아이를 물끄러미 바라보면서, 축구장 한 바퀴만 뛰어도 가슴을 쥐어 잡고 헉헉대는 뚱뚱이 아이에게 과연 축구의 재능이 있을 것인가를 고민했다. 물론 돌연변이도 있겠지만 운동신경은 핏줄로 이어진다는 것이 확신에 가까운 나의 생각이다. 아빠가 프로 축구 선수 출신인 네 친구의 경우와는 달리, 이 아빠는 축구공 앞에서 국가 대표 개발이었다는 고백을 차마 아이에게 할 수가 없었다.

아니나 다를까, 남들보다 현격히 느린 발, 상대 선수 한 명조차 돌파하지 못하는 굼벵이 순발력 등이 감독의 눈에 띄어 아이는 그나마 움직임이 적은 골키퍼로 낙찰되었다. 그것도 후보로. 이제는 주제 파악을 할 법도 하련만, '시련 속에서 꽃은 핀다'는 글을 일기장에 써 대며 아이는 개인 훈련까지 해 댔다. 이 와중에 자존심은 엄청 세서, 지방에서 대회가 있을 때도 아이는 제 부모 오는 것을 칠색 팔색 하며 경기장에 찾아가겠다는 우리를 한사코 말렸다. 벤치나 덥히고 앉아 있는 자기 모습을 보여 주기 싫었던 것이다.

그러나 부모 마음이 어디 그런가. 설령 아이가 물 주전자를 들고 다니는 후보 선수라도 가서 응원해 주고 싶은 것이 아마 운동하는 아이를 둔 모든 부모의 심정일 것이다.

한번은 여주의 축구장 스탠드에 숨죽이고 앉아 마침 경기에 나선 아이를 도둑고양이처럼 응원했던 적도 있다. 멋진 선방에 소리를 지르고 싶었으나 갑자기 출몰한(?) 아빠 때문에 행여 경기력에 지장이 있을까 봐 나오는 소리를 꾹꾹 집어삼켰던 그해 여름. 그로부터 일 년이 흐른 후에도 아이는 여전히 골키퍼 후보였으나 중학교에 가서도 계속 축구를 하겠다고 고집을 피워 댔으니, 이때부터 본격적인 부모의 고민이 시작된 것이다.

부부는 작전 하나를 생각했다. 아빠가 아들과 둘만의 여행을 떠나 자연스럽게 축구를 포기하게끔 하는 대화를 시도하자는 것이었다. 그러나 어른의 꼼수를 대번에 눈치 챈 아이는 아빠 입에서 나올 것이 뻔한 말("너는 글짓기 상을 거의 싹쓸이하고 있으니, 차라리 축구보다는 네가 잘하는 그쪽으로 힘을 쏟아 보자" 등등)을 "몰라"라는 외마디 답변으로 응수하며, 여행이나 즐기자는 심보를 감추지 않았다.

사춘기 아이를 키우는 부모는 잘 알 것이다. 사내아이와 대화하는 것이 얼마나 어려운지를. 특히 엄마가 아닌 아빠가 아들과 대화를 하는 것은 더욱 더 힘든 일이다. 웬만하면 자기 표현을 하지 않으려는 아이 앞에서 일찍이 세련된 대화 기법을 훈련받지 못한 아빠는, 아이가 성장하면 할수록 말 섞기의 총체적 난국을 경험한다.

하기야, 엄마도 특별할 것이 없다. 엄마가 하는 모든 말은 아이에게 잔소리일 뿐이다. 엄마가 백 마디를 할 때 아이는 한두 마디로 대응할 뿐이다.

"응." "몰라." "그냥."

결국 부산으로 떠난 일박이일 간의 부자父子 여행에서 아빠는 호시탐탐 기회를 엿보며 등심도 사 주고 회도 사 주고 부산 어묵도 사 주는 등 아들과 대화 한번 해 보려고 무진장 애를 썼으나, 아들은 곶감만 쏙 빼 먹는 고양이마냥 제 위장만 채우고는 대화의 디귿조차 시작되지 못하도록 원천봉쇄 모드를 유지했다.

변변한 전리품 하나 얻지 못한 채 집으로 돌아온 나는 아내에게 은근히 창피했다. 그런데 뜻밖에도 이 문제를 해결한 것이 있었으니, 바로 '타로'였다. 서양식 카드로 운명을 점쳐 주는 그 타로 말이다. 옛날에 우리 할머니들이 화투로 심심풀이 점을 쳤듯, 서양에서는 일흔여덟 장의 카드로 자신과 다른 사람의 과거와 현재와 미래를 보았단다.

애초 미신적이고 주술적인 것에 관심이 없던 나는, 그러나 타로가 청소년 심리 상담 등에 유용한 도구가 될 수 있다는 말을 듣고 이틀의 종일 교육을 받은 후 첫 번째 타로 점의 상대로 아이를 점찍었다. 아이와 마주 앉은 나는 아이가 축구를 선택하는 것이 좋을지, 좋지 않을지를 타로에게 묻자고 했고, 아이에게 직접 다섯 장의 카드를 고르게 한 다음 그 카드를 해석해 줬다.

어떤 아이든 새로운 것에는 왕성한 호기심을 보이는 법이다. 게다가 타로 카드의 그림은 그 자체로 예술이다. 카드가 가진 기묘한 권위도 무시할 수 없는 노릇이다. 카드 앞에 선 아이는 여행 때의 그 산만한 아이가 아니었다. 부모의 예측된 훈시에 자동 반응하는 그런 모습도 볼 수 없었다.

신기한 놀이를 접한 아이처럼 눈을 반짝이며, 아이는 자신의 카드를 집어 들었다. 아들이 고른 카드를 해석하면서, 축구를 계속 하게 되면 너는 스스로 많이 힘들 것이지만 그럼에도 엄마와 아빠는 너를 지지할 것(실제로 그렇게 카드가 뽑히기도 했다)이라는 부모의 계략 섞인 조언을 들을 때도 아이는 너무나 진지했다.

그러고 나서 그다음 주, 담임선생님과의 상담 시간에 선생님이 아이에게 아빠의 타로 점 결과와 똑같은 이야기를 들려줬을 때, 아이는 스스로 축구를 그만두겠다고 했다. 사실은 축구가 좋아서가 아니라 공부가 하기 싫어서 축구를 하겠다고 한 것이라는 고백도 함께 하면서.

〈슈퍼맨이 돌아왔다〉의 삼둥이나 〈아빠 어디 가〉의 윤후만 했을 때의 아들은 같이 놀아주고, 공놀이하고, 목욕탕 가고, 손잡고 산책하는 것만으로도 아빠를 잘 따른다. 미주알고주알 말도 많이 하고 자기 욕망도 거침없이 드러낸다. 그러나 아들의 머리가 여물기 시작하면, 대화에 매개체가 필요하다. 그것이 운동이든 등산이든, 무언가 대화를 연결하는 다리가 필요하다. 나는 처음에 여행을 그 용도로 쓰려 했으나 우리 부자에게 그것은 맞지 않았다. 그런데 공교롭게도 타로가 대화의 물꼬를 터 줬던 것이다.

그 이후 얼마 동안 아이와의 말문을 여는 데 타로는 요긴하게 쓰였다.

"오늘 하루 특별히 조심할 것이 무엇인지를 함께 볼까?", "엄마와 아들 중 누구의 말이 맞는지 타로에게 한번 물어볼까?"

아이는 타로에 언제나 반응을 보였고, 나는 이 의외의 발견이

사뭇 반가웠다. 그리고 아이는 열네 살이 되었다. 타로는 그 이후 서랍 속에 들어가 나오지 않았다. 타로 정도로 어찌할 수 없는 거대한 폭풍이 아이 인생을 노크하기 시작한 것이다.

/

14살,
14개월,
14년

/

14살, 아이는 가출했다. 14개월 동안이었다. 그 14개월이 우리 가족에게는 14년 같았다.

아이 방에서 가방과 옷가지 몇 개가 없어진 것을 알았을 때도 크게 당황하지 않았다. 게임을 못 하게 하는 부모에 대한 시위겠거니, 귀가를 전제로 한 잠시의 '쇼'겠거니, 했다.

내가 간과한 것은 요즘 가출이 우리 때의 가출과는 그 환경이 다르다는 것이었다. 아이들은 스마트폰을 통해 실시간으로 가출팸과 아르바이트 등의 정보를 주고받고, 청소년 쉼터의 위치 및 환경 등을 알아낸다. 탈선하려면 탈선할 수 있고, 보호받으려면 보호받을 수 있다. 요즘 가출한 아이들에게는 그런 선택지가 있었다.

아이가 가출한 지 이틀이 지나도 돌아오지 않자, 우리는 마음이 급해져 가출 신고를 하고 위치 추적을 의뢰했다. 사내 녀석이 뭐 어떻게 되겠어, 하며 여유로웠던 마음은 흔적도 없이 사라지고, 행여 어디서 아이가 앵벌이를 하고 있는 건 아닌지 나쁜 사람들에게 감금되어 있는 것은 아닌지 하는 불안감이 엄습했다. 다행히도 잠시 후 경찰은 아이가 있다는 수원의 청소년 쉼터 주소를 번지수까지 친절하게 알려 줬다.

그 후 아들은 쉼터에서 지냈다. 부모와의 면회도 철저히 거부했다. 아이는 우리가 찾아가면, 곧 다른 곳으로 옮겼다. 부부는 말이 없어졌고, 서로를 원망하다 스스로를 자책했다. 그 사이에서 딸은 저 홀로 울었다.

시한부 선고를 받은 사람의 마음속에 분노와 체념과 우울 등의 감정이 계주하듯 찾아온다던데, 내 감정도 거의 같은 수준이었다. 그럼에도 세상 어느 누구에게도 그 속내를 드러낼 수 없었던 것은, 동정하는 말 뒤에 따라붙는 문제 있는 부모를 보는 듯한 시선과 불온한 의혹의 눈빛을 견딜 수 없었기 때문이었다.

피시방을 볼 때마다 불을 지르고 싶은 충동이 생겼고, 세상의 모든 게임 회사를 지금까지도 저주하는 증오심이 그때 생겼다. 스트레스성 원형 탈모가 와서 모자를 쓰고 다녀야 했다. 특히 배우사를 향해 이 모든 책임을 전가하려는 사악하고 이기적인 마음에 소름이 돋았다. 이러다가는 나도 죽고 가정도 죽겠다는 위기감이 엄습했다.

왜 그랬는지 생각하고, '그러면 안 됐는데'라며 안타까워하고, 이런 일이 생긴 걸 끊임없이 억울해했다. 그러나 이대로 있을 수만은 없었다. 벌어진 일은 벌어진 일로 받아들이고, 가족은 가족의 일상을 찾아야 했다. 그러려면 가장이 굳건한 중심을 잡아야만 한다고 생각했다.

중학교에 입학한 아들의 게임 중독 전조를 발견했을 때, 아내는 아이에게 좀 더 밀착된 생활 관리자가 되었다. 아이가 엄마, 누나와 함께 이 년간 외국에 살다 온 후 한국 학교에 적응을 못하는 것은 아닌지 축구를 그만둔 후유증 때문에 그런 것은 아닌지 나름대로 그 이유를 추측해 가며 개인 상담, 미술 치유 등을 받게 했다. 뿐만 아니라 드럼과 킥복싱 등 취미 활동도 시켜봤으며, 게임 중독 캠프 등에도 참여하게 했다. 아빠가 아이와 함께 게임을 하면 좋다고 하기에 게임에도 관심을 가져봤다. 아예 회사를 접고 몇 년 동안 아이와 세계 여행을 갔다 왔다는 TV 속 아버지 이야기에 귀가 솔깃해지기도 했다.

그러나 모든 것이 무용지물이었다. 아이는 앞문으로 학교에 데려다주면 뒷문으로 빠져나왔다. 그러는 사이 아이를 호되게 때렸고, 사흘 후 아이가 집을 나갔다. 그리고 14년 같은 시간을 지나

아이는 14개월 만에 집으로 돌아왔다.

아이가 집을 떠나 있던 시간 동안의 이야기를 더 상세하게 글로 옮기지는 않겠다. 아이 삶의 여정은 지금도 계속되고 있으며, 그 여정은 곧 독립적인 한 인간의 인생이기 때문이다. 아비라 하더라도 아들의 인생을 소재로 그것을 낱낱이 밝히는 글을 쓸 권리는 없다. 이것은 아들이고 아니고를 떠나 타인에 대한 예의가 분명 아니다.

가출 후 석 달이 지날 무렵, 쉼터에 있던 아들에게 쓴 편지로 이 글을 갈무리하려 한다. 부모와의 면회는 물론 문자나 이메일마저 거부했던 아들에게, 그렇게 나는 부치지 못하는 편지를 썼더랬다.

사랑하는 아들에게

날씨가 많이 추운데 잘 지내고 있니?

네가 집을 나간 지도 벌써 석 달이 지났고, 어느새 새해가 됐구나. 아들이 집에는 없었지만, 그 시간 동안 엄마도 아빠도 누나도 너를 생각하지 않은 적이 단 한 순간도 없었어. 많이 보고 싶다. 서로 모이면 네 이야기만 하네. 즐거웠

14...

던 많은 이야기들 말이야.

처음에는 곧 돌아오겠지, 라고 생각했고, 또 떨어져 지내는 시간이 길어지면서 네가 무사히 잘 있기만을 기도했어. 그리고 아들이 가진 아픔에 대해서도 많은 생각을 했어. 아들이 엄마와 아빠에게는 말하지 못했지만 얼마나 속으로 큰 고민을 했을까, 그런 생각도 했단다. 엄마와 아빠는 아들이 단지 어리다고만 생각했고, 어리기 때문에 부모로서 아들을 좋은 길로 인도해야 한다고 믿었다. 그러면서 너무 강압적인 행동을 많이 한 것 같아 후회가 된다.

지난번 천안에 아들을 보러 온 식구가 함께 갔을 때, 네가 면회를 거부하는 바람에 얼굴도 못 보고 집에 돌아오면서 아빠는 많이 울었단다. 그 울음 끝에 아들을 가장 편하게 해 주는 것이 무엇일까 생각했어. 그리고 너를 가장 편하게 해 주는 것이 옳은 일이라고 엄마와 이야기를 나눴어.

아빠는 지금도 아들이 어렸을 때 둘이 같이 보냈던 시간들을 많이 생각해. 가족이 함께 외식을 가고 아빠와 아들이 같이 손잡고 장난을 치고 맛있는 집에 가서 서로 점수를 매겼던 시간들, 말레이시아로 너희를 보내고 나서 아빠가 이것저것 많이 싸 들고 너희에게 달려갔던 시간들, 아빠가 돌아가던 날 아들도 많이 울고 아빠도 공항에서 많이 울었던 시간들을 생각해. 해외 리조트에 놀러 가서 아빠가 아들 라면을 빼앗아 먹었더니 아들이 엉엉 울었던 일, 아빠가 책을 내면 제일 먼저 아들이 자기 방에 들어가 그것을 다 읽고 아빠에게 좋은 평을 해 줬던 일도 기억해.

생각해 보면 너무나 많은 일들이 떠올라. 그래서 엄마는 지금도 네 방에 잘 들어가지를 못 해. 그래도 항상 네 책장을 정리하고, 연필을 깨끗이 깎아 놓고, 방 청소를 열심히 해 놓는단다.

아빠가 아들을 너무 많이 사랑해서, 어쩌면 그 사랑 때문에 아들이 작년에 이런저런 행동을 했을 때 더 많이 마음이 흔들렸는지도 몰라. 처음에는 아들이 그냥 커 가면서 성장통을 앓는 거겠거니 생각했어. 그러다 아빠 사업도 힘들어지고 엄마는 엄마대로 스트레스받는 것을 보면서, 아빠가 많이 예민해졌던 것 같다. 그 예민함 때문에 너를 강압적으로 대했고, 네가 아빠를 미워하고 싫어할 만큼의 심한 매질을 했던 것 같아. 아빠는 지금도 사랑하는 아들을 매질하던 순간만 떠올리면, 나 자신이 몹시 싫어질 만큼 마음이 아프고 괴롭단다.

아들아.

아빠가 너에게 그런 말을 했었지. 너는 아빠 아들이다. 내가 너의 뒤에서 항상 든든한 버팀목이 되어 주겠다. 그 마음은 여전히 변함 없고 앞으로도 그럴 거야. 아빠는 단 하나뿐인 내 아들에게 좋은 아빠가 되고 싶은 마음이 간절해. 그런데 지금 아들은 아빠를 싫어하고 멀리하는 것 같아, 아빠는 참 많이 괴롭다.

그리고 아빠가 너에게 약속할 것이 있어.

아빠는 지금 네가 어디 있는지 안다고 해서, 아빠 마음대로 찾아가 너를 강제로 데려오진 않을 거야. 엄마와도 그건 같이 약속을 했어. 네가 아빠를 보길 원할 때 너를 보는 것이 좋겠다 싶어. 왜냐하면 너는 너대로 분명 화난 이유가 있을 테니까. 그 이유를 존중하고 싶어. 학교 역시 네가 가야겠다는 마음이 들면 가는 것이고. 엄마, 아빠가 강제로 어떻게 하지는 않을 생각이야.

그러니 네가 있는 곳을 아빠가 안다고 해서, 아빠가 막 찾아가서 어떻게 할까 봐 걱정하지 않았으면 좋겠다. 그냥 있는 곳에서 밥 잘 먹고, 잠 잘 자고, 네가 가장 편할 수 있는 시간을 가지길 바랄게. 지금 너에게 아빠가 "사랑해"라는 말을 한다 해도 그 말이 귀에 들어오진 않겠지만, 그래도 아빠는 꼭 그 말을 하고 싶다.

그리고 다시 한 번 지금 있는 곳에서 마음 편하게, 몸 건강하게 잘 지내면 좋겠어. 날씨가 너무 추우니, 잘 때 이불 잘 덮고 자고, 선생님 말씀도 잘 듣고.

아들에게 하고 싶은 말이 자꾸 생각나지만, 이만 줄일게.

사랑한다, 아들아.

2013년 1월 4일

아빠 씀

회초리보다
자식을 믿을 것

후배에게 전화가 왔다. 아들 때문에 고민이라고 했다. 자초지종을 들어 보니 사연은 이러했다.

예고를 목표로 학교와 병행해 보컬 학원을 다니고 있는 중3 아들이 얼마 전에 중간고사를 봤는데 성적이 아주 좋았다고 한다. 평소 예고도 공부를 잘해야 갈 수 있다며 공부 제대로 안 하면 보컬 학원도 안 보낸다고 아이를 강하게 몰아쳤던 엄마는 당연히 기뻐했고, 집안에는 한우 냄새가 진동했다. 아이 덕분에 아빠까지 입 호강을 누린 며칠이었다.

그러나 봄날은 오래가지 못했다. 학교에서 학부모 호출을 해서 달려가 보니, 선생님 입에서 아이가 성적표를 위조했다는 청천벽력 같은 말이 나왔다. 컴퓨터를 활용해 부모를 감쪽같이 속인 위조의 기예는 기능 올림픽 금메달감이었으나, 아직 머리가 여물지 않은 아이는 가짜 성적표에 부모 사인을 받아 그것을 그대로 학교에 제출하는 어리숙함을 내보이고 만 것이다. 얼굴도 못 들고 민망해하는 부모에게 선생님은 조심스럽게, 아이가 수업 시간에 너무 산만하고 집중을 안 하며 자잘한 거짓말도 습관적으로 한다는 말을 전했다.

집으로 돌아가는 길. 후배는 그의 아내에게 한 바가지의 잔소리를 덤으로 들어야 했다.

"이것이 다 아빠가 무섭지 않아서 그래. 아이가 말썽을 부려도 당신은 그냥 나한테 알아서 죽이든 살리든 하라고 했지? 그러니까 애가 겁이 없는 거야. 이번에는 아빠가 애 버릇을 단단히 잡아 놔야 해!"

그래서 어찌할 생각이냐고 묻자 후배의 음성이 빨라졌다.

"나도 처음에는 대수롭지 않게 생각했죠. 우리 때도 성적표 고치고 그랬잖아요? 그런데 아이 엄마가 저렇게 나가니 생각이 많아지네요. 거짓말도 자주 한다 하고 성적표도 그렇게 지능적으로 조작할 정도라면, 이 애가 나중에 커서 진짜 위조범이 되면 어쩌나 하는 생각도 들어요. 그래서 딱 삼십 대만 몽둥이질을 하려고요. 형은 어떻게 생각해요?"

내가 후배에게 해 줄 수 있는 이야기는 내 경험담이면 족했다. 같은 사례는 아니었지만 나 역시 아이를 체벌하느냐 마느냐의 갈등을 겪었고, 나름대로 내린 선택으로 인해 너무나 큰 아픔을 겪고 있기 때문이었다.

중학교에 입학하자마자 아들의 게임 중독은 극에 달했고, 그것을 말리는 아내와 아이의 갈등은 거의 전쟁 수준이 되었다. 어느 토요일, 신림동에서 친구들과 저녁을 먹고 있는데 딸에게 다급한 전화가 왔다. 제 동생이 소리를 지르고 엄마를 밀치며 집안에서 난동을 부리고 있다는 거였다. 때마침 억수로 쏟아지는 빗속을 뚫고 놀라서 달려왔더니, 딸은 동생의 만행을 휴대전화로 찍었다며 아빠에게 보여 주겠다고 했고, 여전히 아빠만은 자신의 비행을 모르고 있기를 바랐던 아들은 온몸으로 누이의 카메라를 빼앗으려 하고 있었다. 그날 밤, 아내는 이제 말로는 안 된다며 아빠의 물리력 행사를 노골적으로 압박했다.

다음 날, 아이는 학교를 가는 대신 아빠의 휴대전화와 지갑을 훔쳐서 피시방에 갔다. 나는 출근도 못 한 채 보이는 대로 동네 피시방을 여러 군데 돌았고, 그중 한 곳에서 겨우 아이를 찾아 집으로 데려왔다. 굳이 어젯밤 아내가 넣은 압력 때문이 아니더라도, 이번에는 매질을 무섭게 해서 망조가 단단히 든 아이의 게임병을 고쳐 버리겠노라 다짐하면서. 나에게는, 아비 물건에 손까지 댄 행위를 더는 사춘기 소년의 성장통으로 관용할 여지가 없었던 것이다.

아무도 없는 집에서, 나는 아들을 때렸다. 주먹으로, 발로, 테니스 라켓으로 사정없이 때렸다. 침대 구석으로 제 몸을 숨긴 아이에게선 얼마 전까지 보인 불량함과 대담함이 사라져 있었다. 대신 아이는 작은 토끼처럼 벌벌 떨며 아버지에게 용서를 빌었다. 그러나 폭력의 상승 작용에 제압당한 나는 아이의 그런 모습이 보이지도 않았다. 나는 소리를 지르고 아이는 비명을 지르고, 나는 꺼억꺼억 흐느끼고 아이는 엉엉 울면서, 그 방에서 부자는 지옥도를 그리고 있었다.

아이를 씻긴 후 학교에서 정한 상담 기관에 데리고 가던 그 길가에서, 멍한 표정으로 내 뒤를 따르던 아이의 표정을 잊을 수가 없다. 그로부터 사흘 후 아이는 집을 나갔다. 14개월, 긴 가출의 시작이었다.

그전까지 아들과 나는 화목했다. 제 엄마와 누이에게는 탈선의 행위를 다 들켜도 남자 대 남자로서 아버지에게만큼은 여전히 좋은 아들로 남고 싶었을 아들은, 그러나 태어나 처음 당해 본 아버지의 가혹한 매질 이후 나를 향해 거대한 장벽 하나를 마음에 쌓았다. 그 벽을 허물려고 오랫동안 무진 애를 쓰고 기다려 보고 때로는 이제 됐다며 안심도 해 봤지만, 부자 관계는 그날 이전으로 돌아갈 수 없었다.

그 혹독한 경험을 하며 얻은 체벌에 관한 나의 생각을, 나는 후배에게 단호하게 말했다.

나도 맞고 자랐으니 아이를 때려도 괜찮을 거라는 생각, 특히 사내아이들은 한 번씩 정신 번쩍 차리게 맞아야 철이 들 거라는 믿음은 아버지들의 온전한 착각이다. 게임과 같은 중독적이고 자극적인 대상에 이미 빠져 있든 잠깐의 애교 있는 탈선을 했든, 요즘 아이들은 부모의 물리적 체벌에 자신을 교정하며 반성문을 쓸 정도로 순응적이지 않다. 스마트폰 하나면 세상을 다 볼 수 있고 누구와도 소통할 수 있고 가정 외의 다른 대안마저 찾을 수 있는 이 열린 세상에서, 아이들은 내가 왜 맞았는지를 생각하지 않는다. 그저 내가 왜 맞아야 하는지 알 수 없다 생각하며 매질 자체를 참아 내지 못한다.

그리고 또 말했다. 아이가 성적표를 위조한 솜씨가 너무 세련됐다면 그것을 미래의 범죄로 연결시킬 것이 아니라 '요즘 아이들, 컴퓨터 다루는 능력이 정말 뛰어나구나' 하는 마음가짐으로 아이를 이해하려고 해야 한다. 무엇보다 아이를 때리겠다는 생각을 접고, 왜 아이가 성적표를 조작하려 했으며 그것이 발각된 지금 아이의 불안은 어떠할지를 먼저 생각해 보라.

다음날 후배에게 문자메시지가 왔다.

"좋은 말로 타일렀더니 눈물을 뚝뚝 흘리면서 잘못했다고 하더라고요. 뭐, 그 말을 믿어야 할지 모르겠지만."

나는 속으로 중얼거렸다.

'후배야, 아비가 자식을 안 믿으면 누굴 믿겠느냐. 회초리의 효능을 믿는 것보다 자식과의 약속을 믿는 것이, 백 번 더 안전하고 천 번 더 옳은 일이다. 설령 그 약속이 번번이 뒤통수를 치더라도.'

부정否定만이 부정父情이다

몇 년 전, 가까운 친구가 하늘나라로 떠났다. 건강한 만능 스포츠맨이었던 사람이라, 그의 급작스러운 심장 마비는 믿기지 않는 충격이었다. 친구가 떠난 자리에 안타까운 사연도 하나둘 세상으로 나왔다.

중학생 아들에게 휴대전화를 너무 많이 사용한다며 야단을 치고 며칠 후, 친구는 거실의 컴퓨터에서 아들의 메신저 대화를 우연히 봤다고 한다. 아들은 자기 친구에게 아버지를 죽이고 싶다고 했고, 자기들끼리 낄낄거리며 그 패륜의 음모를 작당했다고 한다.

친구는 방에서 엉엉 울었노라고 홀로 남은 그의 아내가 나에게 전할 때, 그 또래의 딸과 아들을 키우는 내 마음도 무너져 내렸다. 나도 자라면서 아버지가 너무 미울 때는 아버지가 빨리 죽었으면 좋겠다는 음험한 바람을 가진 적도 있었고, 그런 생각을 한 날 밤이면 그 죄의식에 가위 눌려 잠꼬대를 한 적도 있었기에, 친구 아들의 행위를 너무 심각하게 받아들이지는 않았다. 다만, 아들에게 상상의 살해를 당한 후 아내 앞에서 소리 내 울던 내 친구가 가엽고, 아버지의 죽음에 대해 죄의식을 가지게 될 친구 아들이 안쓰러웠다. 이런저런 생각에 나는 한숨만 쉬어 댔다.

TV의 학원 다큐에나 나오는 이야기로 알았던 가출 사건이 우리 집에서 발생한 후 14개월 내내 우리 집은 늘 먹구름이었다. 막내여서 더 많이 예뻐했고, 물고 빨며 키운 아들이었다. 맞벌이를 하면서 아이를 일찍 어린이집에 보내는 것이 가슴 아파, 아이와 헤어지고 출근할 때는 나도 아내도 참 많이 울었다. 그게 한이 되어 틈만 나면 국내로, 해외로 가족 여행도 많이 다녔다.

한국에서는 엄마에게 더 각별하더니 짧은 기러기 생활 때는 오히려 한국에 있는 아빠를 노골적으로 그리워했던 아들이었다. 이런 세월을 보내며 나는 내 아버지처럼 무섭고 어려운 아빠가 되지 않겠다는 다짐이 어렵지 않게 이루어지고 있다는 생각도 했다. 삼십 대 중반에 《아빠, 뭐해?》라는 공동 육아집을 낸 후 여기저기 인터뷰를 하고 관련 글의 청탁을 받으면서도, 좋은 아빠로 대우받는 시선은 쑥스러웠지만 아이와 이만큼 잘 놀아 주는 나

정도면 좋은 아빠가 아니겠느냐는 생각도 은근히 했다.

그 고통의 시기에 술을 마시며 놀란 눈을 하고 나에게 일어난 일을 들어 주던 친구가 "너는 책이나 이런저런 인터뷰에서 보면 깨어 있는 아빠였고 남들이 닮고 싶어 하는 아빠였잖아. 그런데 그게 다 거짓이었던 거니?"라고 말한 이후, 나는 우리 집에서 벌어지는 일을 어느 누구에게도 이야기하지 않으려 했다. 사람들에게 문제아를 둔 부모는 미성숙하거나 결함 있는 존재로 인식된다는 것을 가슴 아프게 알게 된 것이다.

그러나 친구의 그 말은 나에게 아픈 화두가 되었다. 어쩌면 아빠인 나에게 문제가 있을 수도 있다는 생각이 부지불식간에 들곤 했던 것이다.

아이가 돌아온 날, 나는 페이스북에 이런 글을 올렸다.

녀석이 집을 나간 후
나와 아내와 딸은 가슴속에 동굴 하나를 갖고 살았다.
뼈 삭일 바람, 내장을 녹일 눈물, 그 구멍으로 모두 다 들어왔다.
우리는 밤이면 소리 죽여 각자 울었고, 아침이면 서로를 위로했다.

그렇게 14개월이 흘렀고, 14살 아이가 15살 청년 같은 소년이 되어 오늘 집에 돌아왔다.
우리는 모두 들떴고, 나는 성경에서 집 나간 탕아가 돌아오자 마을 잔치를 했던 아버지의 마음을 알 것 같았다.

부모 마음과는 달리, 녀석은 아빠가 끓여 준 칼국수를 손님처럼 식탁 의자에 불안히 걸터앉아 먹었고, 소파에서도 오랫동안 비웠던 제 침대에서도 엉거주춤 어색해했다.

야자를 마친 딸을 데리러 14개월 만에 부자가 함께 학교에 갔을 때,
딸은 제 키보다 커진 동생이 왜 목도리를 안 했는지 장갑은 왜 안 꼈는지 잔소리했고,
낮에 이어 다시 본 동생을 놓칠 새라 동생 팔을 꽉 잡고 걸었다.

스무 발짝 뒤에서 나는 그들에게 들킬 새라 꺽꺽 울었다.

부끄럽지도 자랑스럽지도 기괴하지도 일상적이지도 않은
그냥 아팠던 작년부터 오늘까지의 이야기,

내 아이와 내 가족의 이야기다.

소주를 마시는 내 옆에서 TV를 보는 너는 이제 소파에 누워 있다.
너는 곧 예전처럼 긴장이 풀어지고 편안해질 것이다.
그리고 너의 끓는 사춘기를 아빠가 이제 제대로 바람막이 해 줄 것이다.

우리는 오늘, 넷이 잠든다. 그걸로 족하다.

나의 페이스북 친구 중 대다수는 그때야 비로소 내 집에서 벌어진 일을 알게 되었다.

아들은 특이하게도 고등학교 입학 검정고시 합격증을 가지고 들어 왔다. 자기 친구들이 중학교 이 학년일 때 이 아이는 고입 자격을 갖게 된 것이다. 그러나 그런 것들은 아이가 이제 돌아왔다는 사실에 비하면 아무것도 아닌 일이었다.

그날 아들의 손을 잡고 이야기했다. 방황을 하더라도 집에서 하자고. 엄마와 아빠는 다그치지 않고 그냥 조용히 너를 기다리겠노라고. 지금 가장 아픈 것은 부모인 우리가 아니라 바로 네가 아니겠느냐고.

그러나 계절이 바뀌고 해가 바뀌면서 이 약속을 지켜 내는 일이 쉽지 않음을 깨달았다. 그래서 최소한의 규율을 두고 아빠와 아들은 번번이 부딪쳤다. 낮에는 깨어 있고 밤에는 잠을 자라는 주문이 내 입장에서는 아버지가 할 수 있는 당연한 말이라 생각했고, 날밤을 새우며 인터넷을 하는 아들은 여전히 그것을 간섭으로 받아들였다. 갈등이 생길 때마다 아이는 다시 아버지를 향해 마음의 문을 걸어 잠그고는 노골적으로 눈을 피했다.

쌩쌩 찬바람이 부자 사이를 가로지른다. 물리적으로 야단을 치기에는 아이의 몸이 너무나 크고 그 저항은 꽤나 거칠다. 아빠의 입에서 빠져나온 훈육의 언어는 아이의 고막 근처에서 맴돌다 사라진다. 결국 소통에의 시도는 대부분 개운하지 않은 감정을 남기며 끝나 버린다.

아이의 방을 나서면서 또다시 혼란이 온다. 도대체 내가 아버지 역할을 제대로 하고 있는 것인가? 너무 조급한 것은 아닌지, 어쩌면 너무 관대한 것은 아닌지 헷갈린다. 아빠 마음을 너무 몰라주는 아들이 그저 서운하고 이 상황이 억울하다가도, 나에게 어떤 성격적 결함이 있어서 아들과 내가 점점 더 멀어지는 것은 아닌지 의심한다.

내가 없을 때 다른 식구들은 자기들끼리 편안해하고 잘 노는 것 같은데 왜 나만 불편함을 느끼는 것인지 곰곰이 생각하다 보면, 영락없이 죽은 내 친구가 엉엉 울며 가졌을 그 마음이 나에게도 전해져 가슴이 또 먹먹해진다. 외롭고, 주위를 탓하고 싶고, 나 혼자 멀쩡한 것 같다가도 이 모든 것이 다 나 때문일지도 모른다는 생각이 들고. 그런 오락가락거림의 연속.

아버지가 된다는 것이 이렇게 힘든 일이라는 것을, 나는 알지 못했다. 아이와 더 많은 시간을 함께 보내고, 불필요한 권위를 내려놓고, 아이를 내 몸같이 사랑하면 좋은 아버지가 되는 것인 줄 알았다.

나는 이제 그것이 얼마나 교만하고 무지한 생각이었는지를 철저히 인정한다. 내가 가야 할 아버지로서의 여정에서, 나는 고작 강 하나도 제대로 건너지 못했다는 것을 받아들인다. 앞으로 더 험난한 산과 바다가 앞을 가로막을 것이며, 그것은 철저한 자기 부정 속에서만 헤쳐 나갈 수 있는 것임을 수긍한다.

내가 틀릴 수 있다는 당연한 사실을 받아들이는 것이 자기 부정이다. 나는 이런 태도를 갖는 것만이 내 가족을 화목하게 만드는 유일한 방법이라는 것을 확신한다. 부정否定만이 부정父情이다. 그렇게, 아버지가 된다.

2장

아버지라는 것

/

미안하다,
첫째야

/

가족 외식을 나간 자리에서 아빠는 열네 살 딸의 행동이 거슬린다. 요즘 아이의 태도가 너무 반항적이라는 아내의 귀띔 탓도 있었지만, 꼭 그것이 아니더라도 네 살 아래 동생과 사소한 것으로 티격태격하는 모습이 영 밉상이다.

아빠는 누나가 동생을 돌봐 주지 않고 아이처럼 군다고 타이른다. 그 말에도 딸은 마치 퇴행의 끝을 보여 주기라도 하려는 듯 동생과의 말다툼을 멈추지 않는다. 집으로 돌아가는 차 안에서 아빠의 핀잔에 딸은 이어폰으로 귀를 막고 시선을 창밖으로 돌린 채 자기만의 동굴로 쏙 들어간다. 이 모습을 본 나는 딸을 단호하게 야단쳐야겠다고 생각한다.

거실 소파 맞은편에 아이를 앉힌다. 심호흡을 두어 번 하고 호

통보다는 민주적 대화를 우선시하는 아빠의 모습을 보여 준다. 오랜만에 외식을 나가서 남매끼리 그렇게 싸우는 모습이 과연 옳은 행동이었는지를, 도덕 선생님처럼 딱딱하게 묻는다. 엄마와 아빠가 너희처럼 그렇게 다투면 너희 기분은 어떻겠느냐고, 눈높이 선생님처럼 똑똑하게 질문한다.

이 정도의 멋진 훈시라면 "잘못했다"는 말이 금방 튀어나올 만도 하건만, 아이는 입에 자물쇠를 잠근다. 어디서 바람이 부냐는 식으로 눈도 마주치지 않는다. 아빠, 뚜껑 열린다. 머리 위에서 보글보글 가습기 끓는다.

아빠가 "이놈!" 하며 빵 터질 찰나, 아이의 눈에서 굵은 눈물이 뚝뚝뚝 떨어진다. 그리고 이어지는 소공녀의 사설 한 자락.

"아빠는 늘 동생만 안아 주고, 동생만 예뻐하고, 내가 말하는 것에는 관심도 잘 안 가져 주잖아. 지난번에 엄마가 나한테 심한 말을 했을 때 아빠는 옆에 있지도 않았잖아. 엉엉."

눈물 없이 볼 수 없는 이십일 세기 홈 비디오의 가슴 절절한 대반전에 아빠는 움찔한다.

어이쿠. 그런 것이었구나. 네가 사춘기의 반항을 보인 것이 아니라, 맏이로서 느꼈던 서러움을 아빠에게 투정하고 싶었던 것이었구나. 사실은, 곰비임비 그것이 미안했었다. 다섯 살 나이에 딸은 아이의 이름표를 억지로 떼이고, 누나의 책임을 강요받았다. 어리광은 언제나 동생의 몫이었고, 술 마시고 퇴근한 아빠는 늘 막내부터 안아 주었다. 남매가 다투면 아내는 큰아이부터 야단쳤다.

부부는 가끔 그런 행동에 대한 서로의 문제점을 지적했지만, 딸아이에 대한 애틋함은 마음속에서 좀처럼 표출되지 못했다. 중학교에 들어간 아이가 어느 날 엄마, 아빠와 함께 자고 싶다고 베개를 들고 왔을 때, 경솔한 부모가 한 말은 "징그럽다"는 것이었다.

야단치려고 벼르던 아빠는 아무런 말도 하지 않고 아이를 꼭 안아 준다.

그래, 그래도 돼. 동생과 다투고 아이처럼 굴어도 돼. 너는 아직 누에처럼 보호받고, 풋콩처럼 미숙해도 좋을 나이야. 첫째라는 이유로 그걸 가끔 잊는 엄마, 아빠는 너에게 미안해. 진심으로 미안해.

/

남편의 권위 좀 세워 줘

/

돌아가신 부모님은 사이가 좋지 않았다. 많이 배우셨으나 사회적으로 무능했던 아버지는 무학無學의 어머니를 무시했고, 배우지 못했으나 생활력 강한 어머니는 남편보다는 자식이 우선이었다. 부부 싸움은 용호상박龍虎相搏은커녕 아버지의 일방적인 고함과 욕설로 점철됐는데, 아버지의 어휘력과 창의성은 끝이 없어서 백 번 싸우면 백 번 다 해괴하고 실험적인 욕들이 등장했다. 도대체 '따부랄 인간'이라는 게 무슨 뜻인지 지금도 궁금할 따름이다.

선친은 욕 말고도 싸움 때마다 어머니에게 했던 단골 대사가 또 있었으니, "여편네가 애들 앞에서 이렇게 남편을 무시하니 애들이 제 아비를 우습게 보는 거지"와 같은 말이었다. 그러니까 남편의 권위를 세워 주지 않는다는 타박이었는데, 형제들이 감히 아버지를 우습게 본 적도 없었거니와 이걸 해도 "아버지 먼저", 저걸 해도 "아버지 먼저"를 외치며 오로지 아버지만 챙기는 어머니가 도대체 뭘 못 하고 있다는 것인지, 어린 나는 이해할 수 없었다. 그래서 나는 아버지가 더 미웠다.

아들은 아버지를 닮아간다고 했던가? 중년이 되어 문득 돌아보니 자신이 그토록 경멸하던 아버지의 모습을 그대로 따라 하고 있더라는 경험담을, 주변 남자들로부터 숱하게 듣는다. 그 경험담들 중에는 "아버지의 권위" 운운하는 내용이 꼭 들어간다. 나도 다르지 않다. 아주 가끔씩은 아내에게, 남편의 권위 좀 세워 달라는 말을 목 놓아 하고 싶을 때가 있다. 지난 설날에도 그랬다.

큰집에서 차례를 지내고 네 가족이 함께 귀가하던 차 안에서, 마침 아들이 즐겨 찾는 인터넷 사이트 이야기가 나왔다. 돌아가신 전직 대통령을 비하한다는 등의 이유로 사회적인 지탄을 받고 있는 그 사이트를 아들이 자주 이용한다는 것을 알게 된 후, 나는 아들에게 그 사이트가 중학생에게는 어울리지 않는다고 충고한 적이 있었다. 그런데 차 안에서 아들이 딴죽을 건 것이다. 그 사이트의 모든 이용자가 전부 폐인은 아니라는 것이 아들의 주장이었다.

상식의 한도를 넘는 그 사이트의 게시물에 대해 평소 관용심을 갖고 있지 못했던 나는 아들의 논리에 그냥 침묵한 채 운전만 계속했다. 이 어색한 분위기를 깬 것은 아내였다.

"내가 그 사이트를 직접 들어가 본 다음에, 누구 말이 맞는지 판단해 줄게."

아내는 나름대로 중립을 지켜야겠다고 생각했는지, 이렇게 말하며 부자간의 대화를 종결시켰다. 그런데 나는 아버지의 말을 거역하는 아들보다 아내의 그 말이 더 서운했다. 내가 기대한 것은 너도 옳고 재도 맞다는 식의 황희 정승 드립이 아니라, 나의 지성과 판단에 대한 일방적이고 편파적인 지지와 지원이었다. "아빠도 충분히 생각을 하고 말씀하신 거니, 아빠 의견을 들어 주면 좋겠어" 정도로 아내가 말했다면, 나는 아들을 향한 무거운 마음을 내려놓았을 것이다.

그러나 나는 끝내 내 감정을 말하지 못했다. 괜히 속 좁은 남편으로 비춰질까 봐 신경이 쓰인 것도 사실이지만, 그보다는 나의 그 잘난 슈퍼에고가 "가정에서 남자가 권위 운운하는 것은 시대착오적인 짓이야"라고 말하며 "권위 좀 세워 줘!"라고 말하고 싶은 에고를 꾹꾹 누르고 있었기 때문이다. 그날 밤 괜히 뚱한 얼굴로 소화가 안 돼서 저녁을 안 먹겠다고 한 것이 내가 할 수 있었던 서운함 표출의 전부였다.

그 즈음 어떤 아침 프로그램에 나온 트로트의 여왕이 '남편은 하늘이고 여자는 땅이라는 신조로 살았다. 모든 시중을 내가 들었다'는 식으로 말했을 때, 아내는 픽 하고 코웃음을 쳤고 나도 그 웃음에 동조하는 반응을 보였지만 속으로는 '저 여자의 남편은 전생에 우주를 구한 게야'라고 생각하며 속으로 침을 질질 흘렸던 기억도 있다. 한번은 어떤 방송 프로그램에 패널로 참여를 했는데, 그때 함께 나온 남자 연예인이 자랑삼아 자기 아내는 아침마다 칠첩반상을 차려준다고 하자 패널들 대부분이 그건 너무 오버 아니냐고 한마디씩 했지만, 나를 포함해 남자 패널들 눈에 뿅뿅 새겨진 하트 표시는 감춰지지 않았다.

아마 대부분의 남편들 마음도 크게 다르지 않을 것이다. 가정의 경제권조차 보통 아내들이 가지고 있고 그런 경제권이나마 제대로 지켜주고자 밖에서 달리고 구르고 해야 하는 상황 속에서, 아이와 놀거나 대화를 나누고 싶어도 어디서부터 시작해야 할지 몰라 막막해하며 가정의 주변인으로 질금질금 밀려 나가는 엄연한 현실 속에서, 권위라는 말 잘못 꺼냈다가는 천하의 찌질남으로 전락해 버리는 이 우아한 사회 속에서, 그러나 실상 남편이 아내에게 바라는 '권위 좀 세워 줘'의 내용은 지극히 소박한 것이다. '아빠가 집안의 중심'이라는 것을, 가끔씩이나마 말로써 확인시켜 달라는 것. 그것이 전부다. 이를테면 "이런 중요한 결정은

'아빠가 집안의 중심'이라는 것을,
가끔씩이나마 말로써
확인시켜달라는 것. 그것이 전부다.

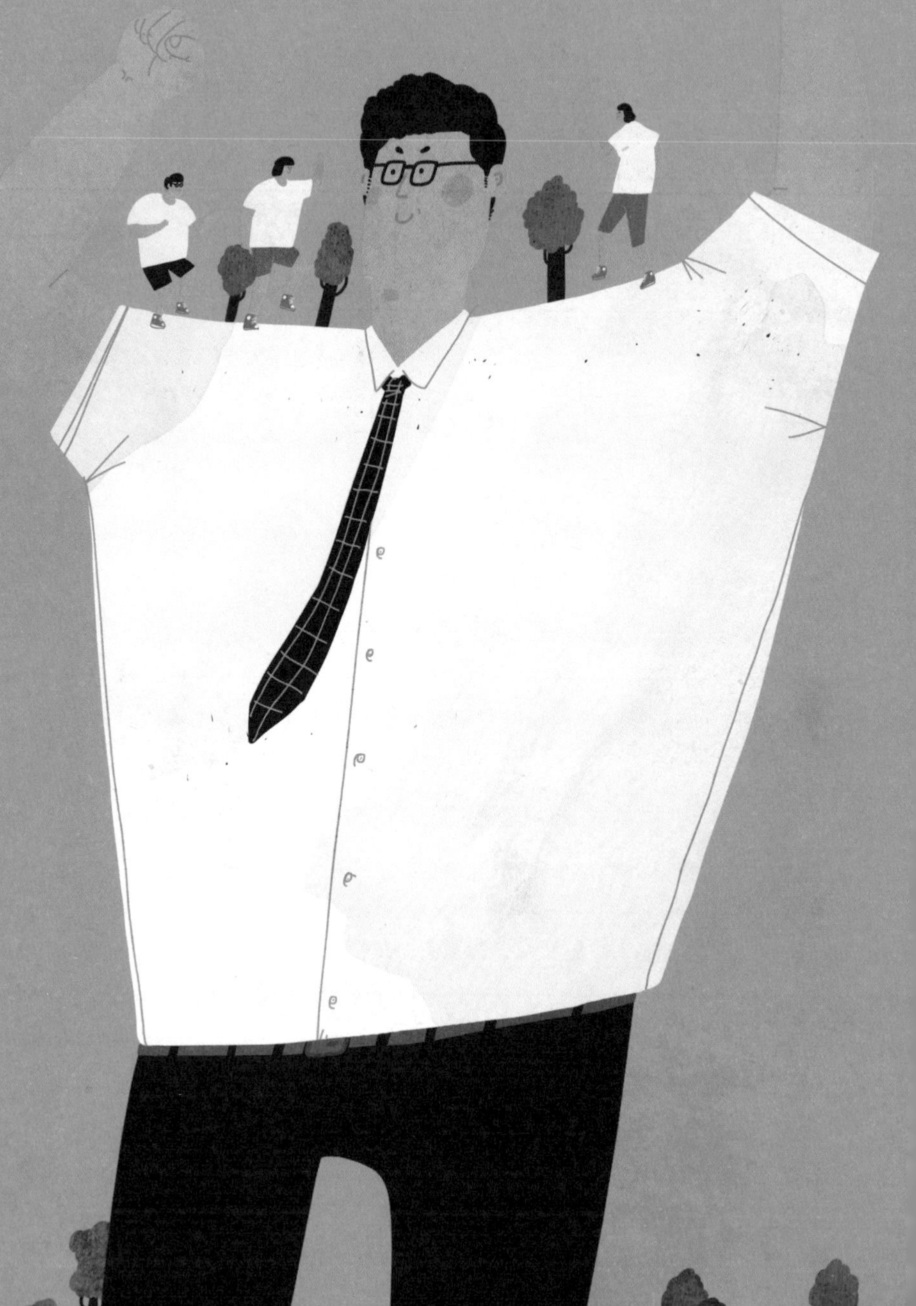

아빠에게 의논하고 내리자", "아빠 물건은 함부로 쓰면 안 돼" 또는 "오늘 아빠가 피곤하시니까 다들 자기 방에 들어가 조용히 있자", "오늘 리모컨은 아빠만 쓰시는 거야" 등 포근한 언어의 담요로 남편을 폭 안아 달라는 얘기다.

남편의 권위를 세워 달라는 남자들의 옹알이는, '가장이 죽으라면 죽는 것'을 당연히 여겼던 계백 장군의 개폼 잡기를 하고 싶다는 의미도, 온 가족을 눈치 보게 만들고 오들오들 떨게 했던 고릿적 아버지 상을 회복하고 싶다는 의미도 아니다. 단지 아내에게는 기 살은 남편으로서, 아이들에게는 당당한 아버지로서 살아갈 수 있게 도와 달라는 호소인 것이다.

덧말.

내가 오래전 편집장으로 있었던 〈딴지일보〉 독자들과 하루 동안 힐링 여행 이벤트를 했던 적이 있다. 그때 참석했던 사십 대 여성이 자기 고민을 털어놓는 자리에서 이렇게 말했다.

"아들이 일베 회원이라는 것을 알고 충격을 받았어요. 말리고 싸워도 답이 안 나와요. 속을 끓이다가 지금은 적당히 하라는 말만 하죠. 엄마는 딴지를 보고 아들은 일베를 보고, 참 아이러니하죠?"

나는 그 엄마의 마음을 충분히 알 것 같았다. 인생은 대체적으로, 그렇게 아이러니한 것이다. 그날 아들이 그 사이트를 들락거린다는 것을 알았을 때, 내 감정은 '징그럽다'는 것이었다. 아들이 학교를 안 가도 가출을 해도, 그것은 '방황'이고 '기다림'이 필요한 일이라고만 여겼다. 하지만 성차별과 지역감정이 폭력의 수준을 넘어 범죄의 지경에까지 이르고 있는 그곳의 게시물을 내 아들이 보거나 혹은 올릴 수도 있다고 생각하니, 저 방 안의 아들이 벌레처럼 이물스러웠고 징그러웠다.

그런데 그것은 딱 나흘 치 감정이었다. 그런 것들이 아들보다 더 중요하지는 않다는 마음이 강하게 들기 시작했다. 아들이 우울해하거나, 자책하거나, 자존감을 잃거나, 자신감과 희망을 놓거나 하지만 않게 해 달라고 기도하는 마음, 내게는 오직 그 마음만 남았다. 원래 있던 자기 자리로 돌아오는 아들의 여정만이, 나와 아내에게는 유일한 관심이었다.

그날 이후, 우리는 더 이상 그 '징그러운' 사이트에 대한 이야기를 집안에서 꺼내지 않았다. 그 사이트를 싫어한다는 입장과 그 이유를 명확히 했으므로, 그 사이트의 충성 회원이 되든 단순 눈팅족이 되든 아니면 그 사이트에서 탈퇴를 하든 그것은 이제 아들의 선택이라고 생각했다. 판단력이 부족한 아이들이니 좀 더 강하게 개입해야 한다는 어른의 태도야말로 어리석은 것이며 아이와의 거리감을 만드는 지름길이란 것을, 나는 뒤늦게 알았다. 아이가 하라고 한다고 하고 하지 말란다고 안 하는 것은, 대략 유치원 때까지나 볼 수 있는 풍경이다.

그로부터 이 년이 지난 지금, 슬쩍 운을 띄워 보니 아들은 그 사이트에 별로 관심이 없다고 말한다. 그러고 보면 십 대의 흥밋거리란 시간이 지남에 따라 저 홀로 흥망성쇠하는 것 같다.

/

느닷없이 아빠가 버럭, 할 때

/

머리가 커 버린 자식을 야단칠 때는 이것저것 잴 것도 많다. 부모의 야단이 합리적인지, 그 내용은 논리적인지, 그 방식은 이성적인지 등을 두루 염두에 두어야 한다. 보고 들은 것 많고 청산유수로 말 잘하는 요즘 아이들에게 엉성하게 야단을 쳤다가는 되로 주고 말로 받기 십상이기 때문이다.

특히 청소년 이후의 딸을 둔 아버지들은 기대에 어긋난 자식 앞에서 좀 더 인내하며 신중해지게 마련이다. 상대가 어머니든 아내든 딸이든 남자는 여자를 절대 말싸움으로 이기지 못한다는 것을 잘 아는 아버지들은 행여 예상치 못한 반격으로 그나마 유지하고 있던 가장의 권위에 금이라도 갈까 봐 '버럭질'의 충동을 억누르고 마는 것이다.

수능 이후, 자기 뜻만큼 성적이 나오지 않았다는 이유로 온몸에 예민함의 가시가 돋힌 딸아이를 볼 때마다 몇 번이나 가슴속에 빨간불이 켜졌다. 그렇게 며칠의 고민 끝에 아이를 식탁에 앉혔다. 나는 아빠도 너 상처받을까 봐 여간 눈치를 보는 게 아니다. 아무리 속상하더라도 매사 그렇게 공격적인 말투로 이야기하는 것은 잘못된 것 아니냐, 하고 아이를 나무랐다. 그랬더니 자기가 언제 그랬냐며 구체적으로 알려 달란다. 미리 준비한 대로 열흘 전과 나흘 전의 일을 구체적으로 말했더니, 대뜸 한다는 소리가 이렇다.

"아빠도 그렇잖아. 아빠도 나한테 가끔 얼마나 공격적인지 알아?"

그 말을 듣고 가까스로 억누르고 있던 내 성질머리는 화산처럼 폭발해 버렸다. 합리고 논리고 강아지에게나 줘 버리라며 소리를 꽥 지르는 것으로, 그날의 식탁 훈계는 종결되고 말았다.

그 폭발의 이유가 따박따박 아빠에게 말대꾸하는 아이의 버릇없음 때문도 아빠의 야단이 딸에게 씨알도 먹히지 않는 데서 오는 커다란 비애감 때문도 아닌 또 다른 이유에 있음을, 아이는 알지 못한다. 그것은 바로 결혼 생활 수십 년 동안 내 속을 그렇게 뒤집어 놨던 아내의 행동을, 딸아이가 똑같이 따라 하고 있다는 것이었다.

태생적으로 사과apology의 DNA를 남들보다 부족하게 가지고 태어난, 그녀의 이름은 아내였다. 그것을 알아차렸을 때 이미 우리는 부부가 되어 있었고, 나는 그로 인해 앞으로 수많은 싸움이 벌어지리라는 것을 예감했다.

동창들 부부 동반 모임에 가기 위해 아내를 픽업하기로 한 날, 한 시간을 길거리에서 기다리게 해 놓고도 먼저 사과조차 하지 않는 여자가 내 아내였다(신난다. 막 이렇게 글로 고자질을 하니). 모임이 다 끝나고 집으로 돌아가는 길에 내가 먼저 그 이야기를 꺼내자, 아내는 너무나 태연하게 이렇게 말하는 것이었다.

"늦을 수도 있지, 별것도 아닌 걸 가지고 뭘 그렇게 예민하게 그래."

그때는 신혼이었으니 한 시간쯤 길거리에서 기다린 게 뭐 대수라고, 사내대장부인 내가 정말 예민한 것인지도 모른다고 생각했다. 그러나 어느 날은 같이 나들이를 가다가 서로 언쟁이 붙었고, 길 가는 누구를 붙잡고 물어봐도 아내 잘못이 분명한 사안에 대해 아내는 이렇게 대응했다.

"당신도 그 전에 그랬잖아."

나는 손발이 떨리고 콧구멍에서 증기가 뿜어져 나와 기어이 갓길에 차를 세워놓고 한참을 씩씩거리며, '내가 이 여자와 살다가는 제 명에 못 죽겠구나'라는 생각을 처음으로 했다.

그러고도 자기 잘못을 인정하기 싫어하는 내 아내의 우기기 신공은 멈출 줄을 몰랐다. 아내는 내가 몹시 화가 나서 자신의 잘못을 조목조목 비판하고 그것을 인정하라고 요구하면, 다 듣고 나서는 "그래. 내가 잘못한 것은 알겠는데, 당신도 그랬잖아. 기억도 못 하지? 큰 애 태어났을 때……" 이러면서 나는 생각도 나지 않는 1·4후퇴 때 흥남부두의 눈보라 날리던 장면까지 복기해 내고는, 당신도 그랬으니 '쌤쌤' 아니냐는 식으로 내 말문을 막아 버리는 것이었다.

심지어 한번은 내가 너무 속이 상해 엉엉 울면서 제발 자기 잘못을 인정하라고 읍소를 한 적도 있었다. 그러나 "알겠어! 내가 잘못했어!"라고 말하며 안방으로 쏙 들어가 버리는 아내의 태도는 정말 잘못해서 사과를 하는 사람의 그것이 아니었다. 그것은 십 원만 달라고 징징거리는 아이에게 "옜다, 먹어라"라며 동전 몇 개를 던져 주는 적반하장 식의 자비로운 태도였다(이쯤에서 아내 흉을 멈춰야겠다는 위기감이 본능적으로 엄습한다).

그런데 가만히 처가 식구들을 보니, 내 아내만 그런 것이 아니었다. 처제와 처남들 역시 내 아내와 그런 점이 비슷했는데, 그러면서도 자기들끼리는 별로 부딪치지 않으면서 살아가는 모습을 보고 나서는 '이 여자가 일부러 나에게 엿 한 사발 드시라고 그러는 것은 아니구나' 하고 생각하게 됐다. 그렇게 사과할 줄 모르는 것을 그저 나와 다른 고유한 성격이라고 받아들이고 나니 한결 마음이 편해졌…다고 하기에는 내 뒤끝이 너무 많이 뭉쳐 있다(다행히 결혼 생활이 길어지면서, 아내는 이제 제법 "미안하다", "내 실수다"라는 말을 곧잘 먼저 한다. 사람이 속 터져 죽으라는 법은 없나 보다).

이런 사연이 있었으니, 딸이 "아빠도 그랬잖아"라는 말을 했을 때 내 꼭지가 돌겠는가, 안 돌겠는가? 무슨 좋은 구경이라고, 대를 이어 같은 모습을 봐야 할까?

세상의 아빠들은 아내의 가장 미운 것을 딸이 그대로 따라 할 때 미치고 환장해 작두라도 탈 지경이 된다. 그러니 세상의 모든 딸들에게 전하는 말씀. 가끔 아빠가 처음 보는 모습으로 크게 화를 내거들랑 "지금 내가 어머니의 코스프레를 하고 있구나"를 잽싸게 알아차리고, 하던 말과 행동을 멈춘 후 잠시 얼음땡 모드에 돌입하시길.

더불어 백설공주는 독 '사과'를 먹은 후 혼절했고 꽤 많은 이들은 잘못된 '사과'를 듣고 열 받는 법이니, "너도 그렇잖아", "왜 이리 예민해?", "나도 화나고 속상해", "미안해, 근데 말이야"와 같은 사과인지 핀잔인지 애매한 말은 부부간, 부녀간에 서로 삼가는 것으로. 제발.

/
자꾸 말 바꾸는 부모의 마음
/

나는 오래전부터 새끼는 스무 살까지만 거두겠다고 했다. 다 큰 자식을 끼고 사는 팔푼이 짓은 안 하겠노라 공공연히 이야기했다. 아비는 대학 입학금을 벌기 위해 추운 겨울 호두빵 장사를 시작으로 대학 내내 레스토랑 설거지, 주차장 보조, 공사장 잡부 일을 쉬지 않고 해 왔으니, 내 자식도 그렇게 키우는 것이 당연하지 싶었다.

"너희들 스무 살 넘으면 알아서 살아라. 단, 대학에 들어가겠다면, 등록금은 마련해 주겠다. 그 이후는 알아서 해라."

이 말은 애들 중학생 때까지 술 한잔 하면 내가 늘 즐겨 쓰던

레퍼토리였다.

그랬으니 수능을 마친 딸이 제 용돈벌이를 하겠다며 레스토랑, 편의점 등으로 아르바이트 면접을 다니기 시작했을 때, 내심 참으로 장한 일이 아닐 수 없다고 생각했다. 어느 날 면접을 마치고 온 딸이 내일부터 샤브샤브 식당에 출근하기로 했다는 말을 했을 때는, "젊어서 고생은 사서도 한다더라"라고 격려하며 등도 툭툭 쳐 줬다.

그런데 다음날. 아침부터 서둘러 첫 출근을 준비하는 딸을 보고 있자니 가슴 한쪽이 불안으로 떨려 온다. 도대체 이 예기치 않은 감정은 무엇이란 말인가? 애지중지 스무 해를 곱게 키웠고, 고3 때는 고3이라는 이유로 제 방 청소마저 열외시켰던 딸인데, 낯선 환경에서 생판 모르는 사람들 속에 섞여 식당 일을 제대로 할 수 있을까. 시급 육천 원도 안 되는 돈을 받으며 하루 열 시간의 노동을 제대로 견딜 수 있을까.

그러나 여기서 아이에게 아르바이트를 하러 가지 말라고 했다가는 여태까지 '스무 살 독립론'을 주장한 내 입장이 우스워질 것이었다. 어디 그뿐이랴. 아르바이트생을 기다리는 가게에도 예의가 아닐 터. 우선은 두고 보기로 한다.

그러나 그것도 잠시, "아빠, 다녀올게"라고 현관문을 나서는 딸의 뒷모습을 보고 있자니, 이 아이가 뜨거운 음식을 나르다 화상이라도 입으면 어쩌나, 갑질하는 손님에게 잘못 걸려 눈물을 쏟으면 또 어쩌나, 사악한 사장에게 돈을 뜯기는 건 아닌가, 질 안 좋은 아르바이트생 사내놈들에게 어리바리하다 꼬임이나 당하는 건 아닌가, 하는 오만 가지 망상이 들어 하마터면 "네 아르바이트비 아빠가 줄게, 가지 마!"라고 소리를 지를 뻔했다. 뭐 마려운 강아지마냥 안절부절못하는 내 모습을 본 아내는 킥킥 웃으며 "자식은 강하게 키워야 한다더니 아주 눈물 나서 못 봐 주겠네"라며 나를 놀린다.

그러고 보니 아이들이 크면서 아빠는 자꾸 말을 바꾸는 거짓말쟁이가 되어 가는 것 같다. 한번은 연말에 가족이 저녁 외식 후 집에 돌아오는데, 딸이 자기 친구들과 전화를 하더니 밤 여덟 시가 다 되어 가는 시간에 친구들을 만나고 오겠다는 것이다. 언제까지 놀고 올 거냐고 했더니, 단짝 친구 여덟 명이 모여 새벽까지 놀다 들어 오겠단다.

스무 살이 넘으면 금요일에는 홍대 클럽에 가서 '불금'의 밤을 보내는 것이 청춘에 대한 예의라는 말을 가끔 집에서 한 적이 있었는데, 그것은 내가 좋아하는 한 선배 시인이 트위터에 올린 글이 너무 멋있었기 때문이었다.

"금요일 밤이면 딸을 양평 집에서 홍대 클럽으로 데려다 주고,

나는 잠시 젊음의 거리를 서성이다 집에 돌아오지. 다음날 아침 빨간 토끼 눈으로 집에 돌아온 지친 딸에게 맑은 해장국 한 그릇 먹이는 재미를 당신들은 아시는지."

모르지, 모르지요. 그러나 저도 꼭 알고 말 거예요.

그러나 아무리 수능이 끝난 뒤라고 해도 새벽까지 놀고 오겠다는 딸의 말에 아내는 향단이 널뛰듯 펄쩍 뛰면서 "다 큰 계집애들이 어디 새벽까지 길거리에서 놀다 오느냐"며 딸을 윽박질렀고, 딸은 흑기사를 부르듯 나를 간절히 쳐다보는데, 시인 선배의 이야기는 하나도 기억나지 않는 것이다. 오로지 술에 취해 밤거리를 어슬렁거리는 하이에나들과 그 앞에서 오들오들 떨고 있는 양들만이 떠올라 고작 "친구 여덟 명을 모두 우리 집으로 불러와서 놀렴" 따위의 주희 할아버지 주자학 외우는 소리나 늘어놓게 되는 것이다.

이런 지경이니, 언젠가 딸이 TV 토크쇼를 보다가 외국에는 혼전 동거가 자연스럽다는 출연자의 말을 듣고 "아빠, 내가 혼전 동거를 한다고 하면 어떻게 할 거야?"라고 물었을 때, 흔쾌히 외쳤던 "와이 낫?"이란 대답은 과연 유효할 수 있을 것인가.

"서로 콩깍지가 껴서 하는 건 연애고, 결혼은 사랑이 아니라 서로의 검증 이후에 해야 하는 현실이니, 동거는 어찌 보면 상당히 합리적인 선택이지. 동거가 깨졌을 때 모든 손해를 여자들이 진다고들 하지? 새로 사귀는 남자가 다른 남자와 동거했던 과거를 트집 잡을 거라 가정하고 하는 소린데, 만약 여자 과거를 들먹이는 그런 찌질한 남자라면 애당초 사귀지 않는 게 맞지."

이렇게 말했던 나의 쿨한 논리는 내 딸의 혼전 동거 앞에서도 지속될 수 있을 것인가.

솔직히 말하면, 나는 자신이 없다. '대학 등록금까지만 대줄 테니 스무 살부터는 알아서 살라'는 말이 아이가 대학에 가자마자 '대학 졸업 때까지는 용돈까지 책임져 줄 테니 차라리 아르바이트할 시간에 열심히 공부해서 장학금을 받으라'고 바뀌듯이, '젊어 고생은 사서도 하는 것이니 무슨 일이든 해서 돈을 벌어 보라'는 그 독려가 속 다른 겉말이듯이, '청춘의 봄날에는 많은 사람과 연애하고 밤새 춤추고 놀아 보라'는 그 응원이 실은 허풍이듯이, 혼전 동거를 지지한다는 나의 말은 설레발이 될 확률이 99.99퍼센트다.

그러나 어찌하랴. 아이들이 먹는 나이만큼 아빠의 가슴속에는 걱정과 불안이 늘어나고 아빠 속은 점점 좁아지고 있으니, 젊어서 했던 그 모든 배포 큰 말들이 대부분 거짓말로 결론 날 수밖에. 그저 내가 할 수 있는 말은 이것뿐이다.

"너희들도 새끼 낳아 키워 봐라."

그럼 말 바꾸는 부모 마음 딱 이해할 테니까.

/

어서 커서 아빠와 배낭여행을?

/

이십 년 만에 다시 찾은 터키는 나를 매료시켰다. 따뜻한 지중해 도시 안탈리아의 햇살은 밥보다 맛있었고, 고대 도시 시데의 아폴론 신전은 여체보다 아름다웠다. 토로스 산맥을 바라보는 항구도시 케코바는 수중 고대 도시를 볼 수 있는 곳인데, 맑은 바다 속으로 이천 년 전의 도시 유물들이 거짓말처럼 나타났다 사라졌다. 천 칠백 칠십 미터 높이의 고대 국가 사갈로소스에는 도서관, 신전, 목욕 시설, 시장터가 그대로 남아 있었다.

한껏 고조된 감정은 석회층 언덕이 아름다운 파묵칼레에서 임계점을 찍었다. 히에로폴리스라는 고대 로마 유적지를 걸을 때였다. 노란 유채꽃과 무심한 듯 놓인 이천 년 전의 돌덩이들과 온몸의 근육을 이완시키는 좋은 날씨에 벅차오르는 기분을 느낀 나는 페르가몬 왕조의 유물 한가운데에 주저앉았다. 거기서 딸에게 편지를 썼다.

대학생이 된 딸에게

아빠는 지금 터키 남서쪽 파묵칼레, 그중에서도 히에로폴리스라는 고대 도시의 원형 경기장에 와 있다. 이곳은 알렉산더 대왕 시대에 지어졌고 이후 로마 시대에 완성되었다고 한다.
아빠는 이곳에서 딸이 여행을 많이 하면 좋겠다는 생각을 해. 만일 네가 이곳에 있었다면, 아빠가 그랬던 것처럼 너 역시 자연스럽게 이천 오백 년 전으로 향하는 상상의 기차를 타고 당시를 살았던 사람들의 모습과 도시를 그려 봤을 거야. 그러면서 동시에 한반도는 어떠했을지 상상해 보며 자연스럽게 두 곳을 비교했겠지.
그러다 보면 네 마음속에서 숱한 감정들이 올라올 거야. 그것들이 딸의 세계관을 한 뼘, 두 뼘 확장해 주는 거름이 되어 줄 테지. 여행은 역사라는 관념을 실체적 현실로 전환해주는, 인간 진보의 가장 효과적인 행위라고 아빠는 믿는다.

딸아, 너의 푸르른 젊은 날이 더 많이, 더 자주 배낭 속 일기장에 촘촘히 채워질 수 있기를, 아빠는 진심으로 소망한다.

여행의 마지막 날, 나는 딸에게 다음과 같은 문자메시지를 보냈다.

"아빠의 제안.

한 달 이상의 유럽 배낭여행 기획서를 쓸 것.

그 기획서에는 여행의 일정과 주제, 여행지 정보와 숙소, 교통정보 그리고 여행을 통해 얻고 싶은 것들을 정리해 담을 것.

만일 기획서가 통과된다면, 여행비를 전액 지원하겠음."

딸은 이게 웬 떡이냐며 내 제안을 덥석 물었다. 대학에 가서도 식당 서빙이나 학원일 등 몇 개의 아르바이트를 하며 돈을 모으고, 아빠가 준 용돈도 꼬박꼬박 저축하는 짠순이인 딸이었으니, 유럽 배낭여행을 보내 주겠다는 아빠의 문자를 보고 단 일 초 만에 오케이 답장을 보낸 것은 당연한 수순이었다. 하지만 기획서를 만드는 일은 자칫 흥미가 없으면 학교 공부보다 더 고되고 힘든 일이 될 것이라고 나는 예측했다.

다만 내 경험상, 기획서를 만드는 시간이 여행보다 더 소중한 시간이 될 것은 확실했다. 예산을 짜고, 일정을 수정하고, 자신이 무엇을 원하는지 확인하고, 관련 영화와 책을 보고, 남들의 여행기를 읽고, 지도를 보는 이 모든 과정은 설렘 속에서 여행을 미리 건축하는 멋진 창조 행위이기 때문이다.

다행히도 딸은 함께 여행 갈 친구와 적극적으로 제안서를 준비하기 시작했다. 여행 가이드북을 사러 분주하게 중고 서점을 찾아다니고 인터넷 여행 커뮤니티를 기웃거리며, 이 시간이 참 즐겁다고 말하는 딸. 대견하다. 나중에 누군가가 나에게 아이를 위해 가장 잘한 것이 무엇이었냐고 물어본다면, 그중 하나는 여행 기획서를 쓰게 한 것이었다고 말할 것이다.

그런데 과연 딸은 여행 기획서를 통과시켜 유럽행 왕복 항공권과 유레일패스, 숙소 바우처를 쟁취할 수 있었을까? 사실 결과는 엉뚱했다. 얼마 지나지 않아 딸은 대단한 것을 발견했다고 호들갑을 떨며 아빠에게 휴대전화로 웬 사진 한 장을 보내 왔다. 어디서 찾았는지 모를 십칠 년 전의 항공 엽서 한 장이 찍힌 사진이었다.

다은에게

오늘은 1998년 5월 12일이란다. 올해로 다은이는 네 살이 되었어. 몇 년만 있으면 네가 직접 글을 읽을 수 있게 되겠지.
아빠는 지금 열흘 동안의 독일 출장을 마치고, 집으로 돌아가기 위해 라이프치히에서 프랑크프루트로 가는 비행기 안에 있단다.
사랑하는 아빠 딸.
지혜롭고 당차며 따뜻한 마음을 가진 사람으로 자라라. 아빠는 딸이 어서 커서, 아빠와 손을 꼭 잡고 이곳 유럽으로 배낭여행을 함께 왔으면 좋겠다. 밤이 되면 노천카페에서 맥주 한잔 하며 이런저런 이야기도 나누고.
안녕, 내 딸아.

1998년 5월 12일
독일 상공에서, 아빠가

제안서고 뭐고, 십칠 년 전 약속이나 지키라는 딸의 목소리가 환청으로 들려오고 있었다. 나는 일단 이번 여행은 스스로 만들어 보고, 두 번째 여행에는 네가 아빠를 가이드해 같이 가자는 것으로 대충 타협을 지었다. 이후 딸은 계속해서 자신의 여행을 준비했다.

마침내 딸은 한 달의 배낭여행을 떠나게 됐고, 여행에서 돌아온 후 A4 여섯 장 분량의 '유럽 여행 보고서'를 내게 보내왔다. 총 여행경비를 세부적으로 정리하고 전체 소감을 기록한 것이었는데, 거기에는 여행 중 친구와의 갈등을 비롯한 많은 에피소드와 자신에 대해 알게 된 점, 돈에 대한 태도, 자신의 진로, 당장 할 일들이 꼼꼼하게 적혀 있었다. 여행 전과 후에 각각 하나씩 보고서를 받은 후, 내가 딸에게 답장을 보내는 것으로 우리 부녀는 '다은이 유럽 배낭여행 보내기' 프로젝트를 마무리했다.

다은에게

아빠가 딸의 유럽 여행 프로젝트를 생각한 것은 지난 오월, 터키의 파묵칼레에서였다. 너무나 기막힌 풍경과 그 풍경의 뒤안을 흐르는 시간의 역사를 보면서, 이것을 내 딸이 꼭 체험하면 좋겠다는 생각을 했지.

아빠의 경험을 토대로 봤을 때, 본격적인 여행보다는 그 여행을 준비하는 과정이 큰 의미가 있을 것이라 생각했어. 대학생이 된 이후 무언가를 혼자 해 보는 그 첫 번째 경험은 분명 너 자신을 들여다보고, 자신에게 무엇이 부족한지를 알아내고, 보람과 좌절감 그리고 설렘을 느낄 수 있는 아주 좋은 기회가 될 것이라 판단했단다.

그리고 너의 여행 보고서를 받은 다음, 비로소 아빠 생각이 옳았다는 것을 알게 됐지. 정말 기분 좋은 일이었어. 네가 자랑스럽다. 네 여행에 대한 아빠의 투자(?)가 분명 의미 있었음을 네가 증명해 줬기에 흐뭇하다. 그 많은 과정을 네가 성실히 따라준 것에 대해, 내 딸에 대한 자부심도 한껏 높아졌단다.

네가 여행을 준비하면서 앞으로 이 모든 유럽의 국가들을 직접 가 볼 거라는 게 너무 기대된다고 말했던 것을 기억해. 그 기대가 과욕으로 이어졌다는 걸 일정표를 보고 알았지만, 아빠는 그냥 두기로 했다. 왜냐면 모든 것은 너희들이 직접 체험해야 한다고 생각했기 때문이야.

물론 애초 네가 여행 준비를 할 때 최소한만 간섭해야겠다고 생각했지만, 그렇게 못 했던 것 같긴 해. 여전히 아빠 눈에는 아이로 보이는 딸이 서툴게 여행을 준비하는 모습을 그냥 방관할 수가 없더구나. 행여 내 딸이 현지에서 잘못된 준비로 고생하고, 힘들어할까 봐 마음이 쓰였던 것 같다.

마침내 너를 공항에 바래다주고 입국장에 들어가는 너의 뒷모습을 보면서, 우리 딸이 이만큼 컸구나, 라는 생각을 했어. 잘 컸다, 똑똑하게 커서 이제 아빠 없이 혼자 유럽을 가는구나, 그런 마음이 들어 좋았다.

너의 보고서를 받고 든 첫 번째 생각은 내 딸이 글도 참 잘 쓴다는 것이었어. 윤다은에게는 윤다은의 노래 창법이 있듯이, 윤다은의 글에는 윤다은만의 색깔이 있더구나. 담백하고 솔직하고 정갈한 너의 문체를 칭찬한다.

또 그간 아빠가 너에 대해 몰랐던 사실도 알게 되었지. 이 애가 돈에 대해 강박을 많이 가지고 있구나, 진로에 대해 많은 고민을 하고 있구나, 너의 보고서를 보면서 그런 것을 새롭게 알 수 있었다.

함께 여행한 친구와의 스트레스 상황은 이해가 되고도 남는다. 너보다 체력이 약하고 소극적인 친구를 바라보면서, 네가 이러지도 저러지도 못하고 그저 답답한 상황을 오롯이 견뎌야 했던 것이 참 고통스러웠을 거야. 여행 중이 아니라면 그냥 각자 집으로 돌아가 감정 정리를 하면 되는데 여행을 하는 한 달 동안은 미우나 고우나 함께 지내야 하니, 그게 얼마나 힘든 것이었을까. 게다가 아빠가 아는 다은이는 감정 처리를 노련하고 약게 잘 하지도 못하는데 말이다. 친구의 숨소리 하나하나까지 스트레스였겠지.

그 과정을 네가 참 잘 이겨낸 것 같아 대견하다. 앞으로 살면서 이해되지 않는 직장 상사, (결혼을 한다면) 배우자와 아이들 등과 숱한 인간관계 갈등이 많을 텐데, 이번 여행이 그런 갈등에 대한 면역력을 미리 강화하는 과정이었다고 생각하면 그 나름대로 의미가 있을 것이다. 또한 나와 친구가 다르다는 것, 친구 입장에서는 내가 오히려 하나의 스트레스 원인이었을지 모른다는 것을 두루 생각하는 자기 성찰의 시간이었다면, 아마 더 큰 광휘光輝의 시간이 아니었을까 생각해.

아빠는 다은이의 장점 중 가장 좋은 것 하나를 꼽으라면, 네가 스스로 네 인생을 무척 소중하게 생각하는 모습을 들 거야. 그 모습을 누군가는 자기 생에 대한 집착이라고 표현할 수도 있겠으나, 아빠는 네 나이에 그런 점이 오히려 참 필요하다고 본다. 그래서 잘 먹고, 책 많이 읽고, 운동 많이 하고, 이런저런 계획을 세우는 네 모습이 참 좋아.

이번 여행을 통해 예술의 즐거움을 알았다니, 이것 또한 얼마나 큰 소득이겠니. 돈에 대한 태도의 전환이 있었다니, 이것도 참 기쁘구나. 돈을 아끼고 계획적으로 쓰는 건 좋지만, 미래를 위해 저축하느라 오늘 스트레스를 받지는 말았으면, 너의 기쁨을 위해서는 기꺼이 돈을 썼으면 한다. 너의 젊음을 위해 투자하고 너의 성장을 위해 투자하는 것이 진짜 저축이라고 생각하면 좋겠어.

이번 여행을 잘 갈무리한 것에 대해, 다시 한 번 너에게 큰 지지와 격려를 보내고 싶다. 여행을 통해 세상이 얼마나 넓은 정원인지 그래서 네가 심을 꽃이 또한 얼마나 많은지를 본 듯하여, 이 프로젝트를 기획한 입장에서 더없이 뿌듯하단다.

지난해에는 아빠와 일 년의 약속을 했었지? 이제 아빠와 십 년의 약속을 해 보자.

아빠는 십 년 동안 노후 준비를 위한 돈을 벌 것이고, 소설을 쓸 것이고, 노후의 건강을 위해 체력 관리를 잘 해 놓을 것이다. 다은이는 우아한 독립을 위해 십 년을 준비하면 어떨까 싶다. 전문적이고 유능한 커리어우먼으로서 성공적인 첫발을 디디기 위해, 네가 원하는 직장에 들어가고, 독립을 위한 자금을 모으고, 멋진 연애를 하고, 좋아하는 문화 활동을 충분히 하고, 책을 많이 읽고, 글도 많이 쓰는 십 년이면 훌륭할 것 같다.

아빠의 육십에, 너의 서른에, 우리는 저 약속을 돌이켜 보며 근사한 레스토랑에서 밥을 먹자. 계산은 네가 하는 것으로.

2015년 8월 31일

아빠가

/

딸이 아빠에게 뒤통수 맞은 날

/

유년 시절 어머니는 막둥이인 나를 앉혀 놓고 넋두리 겸 아버지 흉을 보시곤 했다. 그 세세한 내용을 전부 복기할 수는 없지만, 처자식은 나 몰라라 하고 한량처럼 놀러 다니는 아버지의 무심함을 탓하다가, 못된 고모 시스터즈를 성토하고, 윤 씨 가문 전체를 비난한 후, 자신의 팔자를 측은해하며 어머니의 완창은 마무리되었던 것 같다.

내가 장성해서 결혼 생활을 해 보니, 결혼이라는 괴물은 시시포스의 바위 굴리기처럼 배우자에 대한 원망과 서운함을 끝없이 쌓아 나가는 과정이더라. 결혼 초기에는 서로의 이해할 수 없는 생활 습관으로 인해 번번이 부딪치고, 육아 초기에는 서툰 부모인지라 날선 감정이 대립한다. 그런가 하면 결혼 생활 내내 양쪽

집안의 문제와 금전적 어려움, 의미 없이 날린 언어의 화살 등 싸움의 단초들이 끊임없이 생성되고 진화하며 소멸됐다 다시 나타나곤 한다.

그것이 부부 사이의 감정이 사랑에서 정으로 변하는 필연적 과정이라고 도사연道士然하게 받아들이는 것은 어느 정도 그 싸움에 이골이 생기고 난 중년 이후에나 가능한 것이다. 싸움의 한복판에는 천하의 나쁜 너와 비련의 나만이 있을 뿐이다.

남자라서 더 힘든 것은 부부간 갈등으로 인해 생긴 분노를 제대로 풀어내지 못한다는 점이다. 아내에게 속 터지는 일을 당했다고 해서 본가로 달려가 부모님에게 고자질을 할 수도, 형제·자매나 친구, 친척을 앉혀 놓고 내 아내를 씹어 댈 수도 없는 노릇이다. 상황이 이렇다 보니 쌓이는 소주병만이 타는 남자의 마음을 증명할 뿐이다.

그러나 나도 딱 한 번, 중학생 딸을 앉혀 놓고 아내 흉을 본 적이 있다. 어느 저녁 퇴근해서 한바탕 부부 싸움을 하고, 딸을 납치해 집 앞 공원으로 가출을 했더랬다. 그때 맥주 두 캔을 마시며 속 타는 아비의 심정을 토로하긴 했으나, 내 자의식은 어린 시절 내 어머니의 전철을 밟으면 안 된다는 경고음을 계속 날리고 있었으니, 분풀이가 제대로 될 리가 없었다. 이후 나는 아이가 성인이 될 때까지 아내의 험담을 아이에게 한 적이 없다.

그랬으니!

딸이 스무 살이 되고 나서 가장 좋은 것은 둘이 함께 '누군가'의 험담을 할 수 있다는 것이었다. 그 '누군가'는 당연히 딸의 엄마이며 나의 아내이다.

딸은 머리가 크면서 자주 엄마와 냉전을 한다. 세상의 모든 엄마와 딸이 그러하듯 그들은 철저한 애증의 관계로, 사이가 좋을 때는 함께 이불 속에서 애인처럼 시시덕거리다가도 곧 별것도 아닌 일에 토라지고 말싸움을 하고 고함을 지른다.

딸이 그렇게 엄마와 전쟁을 치를 때면, 나는 딸을 데리고 나가 데이트를 빙자한 외출을 한다. 저녁을 먹고 카페에 앉아 이런 이야기, 저런 이야기로 입을 푼 후 본격적으로 한 여자를 험담하기 시작한다.

딸은 엄마가 일관성이 없으며 때때로 너무 신경질적이라고, 똑같은 말을 하더라도 아빠는 부드럽게 하는데 엄마는 왜 그렇게 공격적인지 모르겠다고 엄마를 비난한다. 엄마의 실수를 이야기하면 엄마는 절대 그것을 받아들이지 않는다고 울분을 터뜨린다. 그러면서 왜 그렇게 지적은 잘 하는지 모르겠다고 엄마의 모순됨을 성토한다.

너그러운 중년 남성의 미소를 지으며 딸의 말을 듣는 내 마음은 '아이고, 네가 내 딸이다. 내 이십 년 쌓인 속내를 네가 길고리로 속속 시원하게 긁어 주는구나. 내 말이 그 말이고, 네 말이 내 말이다. 이 아버지는 평생 그리 살아왔고, 그것을 또한 일생 입 밖에 내지 않았으니 이 아비가 부처요, 성인이다' 하고 흡족해하는 것이다.

아아, 그런데 대체 그 이후에 드는 이 묘한 양가감정은 또 뭐란 말인가. '딸내미를 잘 키워 심 봉사는 눈을 뜨고 나는 속풀이를 하는구나'라며 흐뭇해하고 고소해하고 마치 오랜 식민지에서 벗어난 약소국처럼 통쾌해하다가도, 딸이 너무 격앙되어 마치 엄마는 대책 없는 사람이라는 식으로 오버를 하면 속에서 뭔가 불끈하고 올라오는 것이다.

'야, 이놈아! 너 똥기저귀 다 빨아 대고, 울면서 너 어린이집 맡기고 출근하고, 허겁지겁 퇴근해서 너 데리러 가고, 너 아프면 밤새 잠 못 자고 간호하고, 진자리 마른자리 갈아 뉘이며 이만큼 키운 게 네 어미다!'

이 말이 목구멍까지 차오르면서, '자식새끼 키워 놨더니 제 어미 욕이나 하고 다닌다'는 생각에 딸아이가 괘씸해지고 또 미운 것이다.

결국 그 마음을 참지 못해 딸아이에게 똑바로 하라고 한 마디를 하면, 동지에게 졸지에 뒤통수 맞은 딸은 입이 한 바가지 나와 아빠를 뒤에 세운 채 현관문을 쾅 열고 집으로 들어가고, 영문도 모르는 아내는 '저 화상들은 또 왜 저러나' 하는 표정을 지으며 보던 드라마를 열심히 들여다보는 것으로 이 집안의 부녀간 외출은 마감되는 것이다.

딸들은 절대 모를 아빠의 본심

상담을 공부하러 들어간 대학원에서 상담사가 될 것을 과감하게 포기한 것은 일 학년 일 학기 상담 실습 시간이 끝나고 나서였다. 실습은 조를 짜 각각 상담자와 내담자, 관찰자 역할을 돌아가며 한 번씩 수행하는 것으로 진행되었다. 첫 시간이 끝나자 교실 공기가 무거워지더니, 이 교시 때는 여기저기서 훌쩍이는 소리가 들려 왔고 내담자의 훌쩍임을 받아 상담자가 훌쩍였고 그 둘의 울음에 전염된 관찰자도 훌쩍였다. 결국 교실은 그야말로 집단 통곡의 장이 되어 버렸다.

내가 기가 막혔던 것은 상갓집이 되어 버린 교실 풍경 때문이 아니었다. 바로 유독 나 혼자 울지 않고 있는 상황 때문이었다. 내담자로서 아무리 내 감정에 몰입해 봐도, 상담자로서 애를 쓰고 공감의 노력을 해 봐도, 눈물이 맺히기는커녕 이성과 분석의 뇌만 더 빠르게 돌아가고 있다는 것을 알아차렸을 때, 나는 내가 기본적으로 상담사의 기질을 가지고 있지 않다고 결론을 내 버렸다.

그랬으니 술자리에서 한 후배가 보인 행동은 내게 다소 충격적이었다. 이차도 거의 파장에 이를 무렵, 주저리주저리 자신의 일상적인 고민을 주정처럼 늘어놓던 후배는 갑자기 꺼이꺼이 울기 시작했다. 순간 당황했지만, 그의 울음이 너무 격정적이어서 옆에 있던 휴지를 조용히 밀어주는 것 외에는 내가 할 수 있는 일이 아무것도 없었다.

테이블 앞에 구겨진 휴지가 한 더미는 될 무렵에 이르러서야 그는 비로소 울음을 그쳤다. 왜 울었냐고 물었더니, 그냥 울었단다. 싱거운 대답에 어이없어하자, 후배는 이렇게 울고 나면 가슴이 뻥 뚫리면서 무언가 해소가 된다고 씨익 웃는다. 그러면서 자기가 어디 가서 이렇게 울겠냐며, 선배 앞이니 가능하다는 듣기 좋은 말로 상황을 정리했다.

마흔을 내일 모레 앞둔 남자의 울음을 보며 든 내 느낌은 '부럽다'는 것이었다. 상담사를 포기하게 만들었던 '눈물 트라우마'도 떠올랐고, 그 후배처럼 나도 사는 것이 고단할 때는 수도꼭지 틀면 수돗물이 줄줄 나오듯이 눈물을 펑펑 쏟을 수 있다면 참 좋겠다는 생각도 했다. 눈물을 흘리고 싶은데 눈물이 나지 않는 것도 은근히 괴로운 것이어서, 주변 사람에게 슬쩍 이 고민을 말해 보았더니 돌아오는 대답이 걸작이었다.

"나이 들면 다 그래. 세상 알 것 다 알았는데, 눈물 날 일이 뭐가 있겠어?"

아직 앞날이 구만 리까지는 아니어도 오만 리 정도는 되는 사람에게 "나이 들면 다 그래"라니!

그러던 어느 날, 또 다른 후배 녀석이 내게 자신의 결혼식 주례를 봐 달라며 부탁을 해 왔다. 사회를 봐 달라는 것도 아니고, 이 연애하기 좋은 청춘의 봄날에 누굴 주례 영감탱이로 만드는 것이냐며 나는 한사코 거절했지만, 그 후배는 배우자 될 사람까지 함께 데리고 와 쌍으로 협박과 애원, 회유까지 해 댔다. 그 청산유수의 언변에 홀랑 넘어가, 결국 나는 내 인생 최초로 주례를 서게 됐다.

그 후배의 결혼식 날. 양복도 잘 갖춰 입고, 구두도 번쩍번쩍 광을 내고, 가슴에 꽃을 달고, 하얀 장갑까지 끼고 주례석에 앉아 있자니, 기분이 묘했다. 무대 위에서 떠는 체질이 아닌데, 식장에 하객이 꽉 차자 가슴도 콩닥콩닥 뛴다.

드디어 시작된 예식. 사회자의 소개를 받고 연단 중앙에 올라

가니 박수가 터진다. 그리고 신랑 입장. 이어서 웨딩마치가 울리며 화려한 드레스를 입은 신부가 아버지의 손을 꼭 잡고 입장한다. 두 사람이 한 발, 한 발 나에게 다가온다.

아아, 그때 나는 그만 보고 만 것이다. 딸을 시집보내는 아버지의 그 슬픈 얼굴을. 앙다문 입술은 간헐적으로 떨리고, 사위에게 딸을 인도할 때 그의 두 눈은 빨갛게 충혈되고 있었다. 그야말로 손대면 그대로 눈물을 쏟아 낼 것 같은 한 남자의 얼굴을 바로 코앞에서 지켜보며, 순간 나는 내가 주례자라는 사실도 잊은 채 울컥하고 말았다. 나 역시 딸을 키우는 아비가 아닌가. 아이의 탄생에 감격하고 그 아이가 "아빠"라는 말을 처음 할 때 감동했던 아비로서, 아빠의 영원한 연인인 딸을 시집보내는 신부의 아버지에게 나는 완전히 일체화되었던 것이다.

사회자가 주례사 순서를 알리는 소리를 듣고 나서야 정신이 번쩍 들었다. 서둘러 나는 주례사를 읽었고, 다행히 주례의 의식은 문제 없이 잘 마무리되었다.

집으로 돌아오면서 내가 왜 그때 눈물을 흘렸을까 생각하며 결혼식을 복기하는 순간, 나는 알아 버렸다. 상담 실습을 할 때도, 아무리 슬픈 영화를 봐도, 심지어 가까운 사람의 장례식장에서도 좀처럼 터지지 않던 눈물이 거의 백발백중 쏟아지는 공통의 장소가 있었다는 것을. 바로 예식장이었다.

나 역시 딸을 키우는 아비가 아닌가.
아이의 탄생에 감격하고 그 아이가 "아빠"라는 말을 처음 할 때 감동했던 아비로서, 아빠의 영원한 연인인 딸을 시집보내는 신부의 아버지에게 나는 완전히 일체화되었던 것이다.

조카딸의 결혼식, 친척집 여동생의 결혼식뿐 아니라 처남의 결혼식을 비롯해 심지어 사돈의 팔촌 결혼식까지, 나는 아버지 손을 잡고 신부가 입장하는 장면과 신부 아버지의 퇴장 장면을 보며 언제나 영락 없이 눈물을 질질 흘렸던 것이다. 사진을 찍다가 질질, 박수를 치다가 질질, 환호를 보내다 질질.

그것은 내 딸이 다섯 살 때, 어린이집 재롱 잔치의 흥겨운 객석에서 딸과 친구들의 '백조의 호수' 발레를 보고 혼자 꺽꺽 울던 감정과 연결된 것이었다. 나는 그 어리고 예쁜 아이들이 점점 자라 어른이 되어 이 전쟁 같은 현실을 살아갈 것이 안쓰러워 울었다. 이렇게 쓰고 나니 오지랖도 참 태평양이라는 생각이 들고 내 눈물샘이 요실금을 앓고 있는 것은 아닐까, 라는 의혹도 잠시 들지만, 사실이니 어쩌랴. 재롱 잔치 때와 마찬가지로 예식장에서 아버지의 손을 잡고 입장하는 세상의 딸을 통해 내 딸을 보고, 그 아버지들을 통해 나를 보며, 언젠가 있을 내 딸의 결혼식을 미리 상상하면서 저토록 지지리 궁상을 떨었던 것이다.

그러니 이 무심한 딸 녀석아.

얼마 전 퇴근길에 너를 데리러 네 학교에 갔을 때, 네가 늘 말하던 남자친구를 차에 밀어 넣으며 같은 방향이니 태워 달라고 한 후 너는 그 녀석과 같이 뒷자리에 나란히 앉아 집까지 갔지. 아빠 옆 자리 조수석이 아닌, 그 녀석의 옆 자리에 앉아서. 그리고 집에 와서 물었지.

“아빠, 화났어? 왜 오는 내내 한마디도 안 해?”

물론, 아빠는 대답했지.

“회사일로 피곤해서 그래.”

정말 피곤해서였을까? 정말 그래서였을까?

아버지도 아프다

품 안에서 아이 놔 주기

퇴근하고 집에 오니 분위기가 어둡다. 인사하는 중학생 딸아이의 얼굴에도 그늘이 졌다. 무슨 일이 있었느냐고 묻는 나에게, 아내는 한숨부터 쉬고 나서 자초지종을 이야기한다. 오후에 딸이 엉엉 울면서 학교에서 돌아오더란다. 가슴이 덜컹 내려앉은 아내는, 모든 딸의 부모가 그러하듯 무슨 큰일이 일어난 것은 아닌지 딸을 살폈다고 한다. 딸의 대성통곡 이유가 같은 반 남자아이에게 쌍욕을 들었기 때문이라는 것을 듣고, 아내는 반은 안도를 하고 반은 맥이 빠졌다며 나에게 푸념을 한다.

"우리가 애를 너무 온실 속 화초처럼 키웠나 봐. 무슨 아이가 저렇게 유약해?"

딸은 같이 청소 당번을 맡게 된 남자아이가 청소를 안 하려 들자 자기가 한 마디를 했는데, 그 말을 들은 아이가 느닷없이 심한 욕설을 퍼부었다고 말했다. 왜 그 욕설에 대응하지 않았느냐고 묻자, 딸은 다 큰 어른처럼 대답했다.

"그렇게 해 봐야 나도 그 애랑 같은 수준이 될 텐데, 그러기는 싫었어."

어쨌거나 나에게도 아내에게도 딸아이는 언제나 여린 공주일 수밖에 없었다. 그런 딸아이의 가슴에 상처가 났다고 생각하니, 안쓰러운 마음에 그날 밤 쉽게 잠을 이룰 수가 없었다.

그 일이 있고 나서 며칠 후, 또 한 번 집안에 먹구름이 끼었다. 다만 이번에는 완전히 처지가 바뀐 채였다. 초등학교 오 학년 아들 녀석이 사고(?)를 친 것이다.

같은 반 친구에게 아들이 발신자 표시 제한 기능을 써서 문자를 보냈고, 그 문자 내용에 경악한 친구의 어머니가 통신사에 조회해 누가 그 메시지를 보냈는지 알아냈다고 했다. 아이의 선생님에게 연락을 받고 학교에 간 아내는 선생님이 보여 주는 아들의 휴대전화 문자메시지 내용에 할 말을 잃고 말았다. 통신사에서 프린트해 온 용지에는 이런 문장이 쓰여 있었다.

"너는 네 여친하고 섹스나 해라."

아내는 선생님과 쑥스러운 상담을 하고 아들 친구의 엄마에게 은근히 수모를 당한 사실보다, 자기 아이가 어떻게 어른들의 민망한 용어를 쓰는 것인지를 더 이해할 수 없다고 했다. 아들이 야한 동영상을 본 게 틀림없다면서 요즘 아들이 사귀고 있는 친구들의 이름을 하나씩 거론하며 아들을 타락시킨 주범을 잡아내느라 분주했다.

그도 그럴 만한 것이, 그때까지도 아들은 여전히 욕실에서 나와 고추를 달랑거리며 거실을 돌아다녔고, 엄마 앞에서도 팬티를 홀랑 홀랑 갈아입었으며, 제 기분이 좋아지면 엄마 품에 쏙 들어가곤 했다. 그러니 저 품 안의 어린 새끼가 그런 흉측한(?) 단어를 쓸 수 있다는 것을, 제 어미가 어찌 쉽게 받아들일 수 있으랴.

아들이 겪고 있는 소년의 시대를 거친 아빠 입장에서는 이런 일련의 사건들이 그저 성장기 아이의 해프닝으로 해석될 수 있었다. 실제로 트위터에 이 사건에 대해 짧은 글을 올리니 친구들이 "아들이 친구에게 덕담했네, 뭐", "그게 왜 욕이 되지?"와 같은 반응을 보인다. 그것들을 보며 혼자 낄낄거리긴 했지만, 제 속으로 열 달을 품고 온몸으로 산고를 겪은 엄마의 고슴도치 사랑은 당연히 이해가 되고도 남음이 있었다.

나는 아들을 불러, 친구에게 욕을 했다는 사실보다는 메시지를 보내며 발신자를 숨겼던 비겁함에 대해 지적을 하고 안방으로 들어 왔다. 그 사이, 아내는 새우처럼 잔뜩 몸을 웅크린 채 잠이 들어 있었다. 그 모습을 보며 나는 남의 자식에게 욕을 먹고 온 딸의 상처나 남의 자식에게 욕을 한 아들의 위험함 따위보다는, 이제는 품 안에서 아이를 놓아야 하는 한 여인의 안쓰러운 모성이 느껴져 가슴이 아렸다. 아이들은 우리가 생각했던 것보다 아주 많이 컸고, 아내의 작은 몸으로는 이제 이 아이들을 품지 못할 것이었다. 아프겠지만, 그것을 인정해야 한다. 제 살 같고 제 뼈 같은 새끼지만, 이제는 놓아 줘야 한다.

사춘기 아이를 키우는 부모는 이래저래 마음에 금이 간다. 우리가 우리의 부모에게 그랬던 것처럼, 자식은 언제나 부모의 유리 가슴에 쨍강쨍강 작은 돌을 던진다. 그렇게 자식은 크고, 부모는 늙는다.

잠든 아내의 허리가 오늘따라 더 굽어 보인다.

딸 바보 아빠들의 슬픔

일요일 밤에 방송하는 어느 개그 프로그램에 딸 바보를 등장시키는 코너가 있었더랬다. 지나가는 소도 때려잡을 것 같은 근육질의 딸을 앞에 두고, 아빠는 강가에 내 놓은 아기를 보듯 전전긍긍하는 내용이었다. 자기 딸보다 훨씬 예쁘게 생긴 남학생에게 경계의 눈빛도 게을리하지 않는다.

그 코너 속 아버지만큼은 아니지만, 딸 바보 아빠들은 주변에 꽤 많다. 나 역시 그중 하나다.

서른 살에 딸이 태어났을 때 나를 찾아온 첫 감정은 당황감이었다. 누구는 감격에 겨워 눈물을 펑펑 쏟았다고 하는데, 나는 그저 어리둥절했다. 내가 아빠가 된 것도, 내 앞에서 손발을 꼼지락거리며 아기 새처럼 숨을 쉬고 있는 아이도, 신기했다. 밤새 '예쁜 이름 짓는 법', '작명의 원리' 등이 담긴 책들을 정독하며, 음운론이 어떻고 수리론數理論이 어떻고 하면서 이렇게 저렇게 이름을 지을 때도 그냥 달뜬 감정이 전부였다.

그렇게 기분 좋으면서도 낯선 감정이 사랑이라는 구체적 형태로 자리 잡은 것은 아이가 어느 정도 자라고 나서였다. 잠만 자고 울고 싸기만 하던 갓난아이가 몸을 뒤집고 웃기도 하고, 아빠를 보며 반가워하다가 기어코 "아빠"라는 말을 제 입으로 처음 했을 때, 나는 온몸으로 전율했다.

이 천사 같은 생명체가 내 몸을 원인으로 태어났다니! 나는 아이를 보며 수시로 감격했고, 행복했다. 퇴근 종이 "땡" 치면 아이를 봐 주시는 아주머니 집으로 쪼르륵 달려가 아이를 업고 안고, 하늘의 별도 보고 달도 보며 집으로 돌아오는 산책길은 곧 꿈길이었다. 해외 출장이라도 다녀오면 스위스, 싱가포르, 일본 전통 의상을 사 와서 인형 놀이하듯 입혀 보고 자랑하듯 거리로 데리고 나가는 것도 뿌듯하고 신났다.

아이도 아빠를 무척이나 따랐다. 염색 머리에 귀걸이까지 하고 유치원 참관 수업을 찾아온 이 날라리 아빠를, 딸은 선생님들에게 자랑하기 바빴다. 초등학교 때까지 자기는 아빠 같은 남자와 결혼할 거라는 말을 수도 없이 했다. 그 말이 그 나이 또래 계집애들의 일반적인 애교 짓이라는 것을 모르지 않았으나, 딸이 그런 말을 할 때마다 나는 입이 귀에 걸렸다. 심지어 아빠가 샤워를 하고 있어도 벌컥 문을 열고 들어와 태연스럽게 칫솔질을 할 만큼 아빠와 격의 없이 지내는 중학생 딸의 행동에 엄마가 더 질색을 하며 아이를 야단치곤 했을 정도다.

초경의 추억도 잊을 수 없다. '어렸을 때부터 성性은 부끄러운 것이 아니다'라는 생각을, 가랑비에 옷 젖듯 가풍으로 정착시켰던 터였다. 그 일환으로 딸이 초등학교 고학년이 될 무렵부터, 생리를 시작하면 파티를 열어 주겠다는 약속을 자주 했다.

딸이 중학교에 들어가고 얼마 후, 밖에서 술을 마시는데 딸로부터 낭보가 들려왔다.

"아빠, 나 오늘 생리했어."

나는 그 말을 들으면 내 딸이 이만큼 컸구나, 라는 감격적인 생각에 콧노래를 하며 케이크를 사서 집에 들어가게 될 줄 알았는데, 막상 그 일이 닥치자 기분이 좀 멍했다. 축하한다는 말은 해줬지만, 품 안에서 무언가가 스르륵 빠져나가는 듯한 기분을 그때 처음 경험했다. 출근길에 쪼르르 달려와 볼에 뽀뽀를 해 주던 딸에게 들은 '생리'라는 단어는 예상보다 훨씬 낯설었다. '웃프다(웃기면서 슬프다)'라는 신조어가 있던데, 그때 나는 '행프다(행복

하면서 슬프다)'였던 것 같다.

여고생이 된 딸은 하루하루가 달랐다. 제 엄마보다 키가 더 커지더니, 하는 행동도 영락없는 숙녀가 됐다. 어느 날 무심히 거실에서 TV를 보다가 제 방에서 나오는 딸을 보고, 웬 아가씨가 나오나 싶어 흠칫 놀란 적도 있었다. 그것도 좋았다. 주말이면 딸과 영화를 보고, 커피도 마시고, 길거리 쇼핑을 하는 데이트 재미도 쏠쏠했다. 아이의 시험 때면, 함께 동네 도서관에 나란히 앉아 각자 책을 보는 시간은 충만했다. 어느 날 딸이 "아빠, 내 친구들은 아빠랑 내가 이렇게 친한 것이 신기하대"라고 말했을 때도 그것이 왜 신기한 일인가 싶었다.

아마도 그 즈음부터였을 것이다. 딸이 슬슬 아빠와 내외를 하기 시작했다. 그전처럼 뽀뽀도, 포옹도 잘 해 주지 않았다. 아빠도 거실에서 옷차림을 조심했고, 엄마의 엄중한 잔소리 속에 딸도 아빠 앞에서는 앉는 매무새를 신경 썼다. 당연한 변화였지만, 몇 년 전 초경 사건 때와 비슷한 감정이 더 강하게 들어 조금은 우울했다.

그러나 그 정도는 참을 만했다. 정작 내가 느낀 최고의 아픔은 아빠와 딸이 서로를 객관적으로 바라보는 상황이 되었을 때 찾아왔다.

반 친구들이 성형을 많이 했다며 자신도 얼굴을 고쳐야 하는 것 아니냐고 재잘거리는 딸을, 말도 안 되는 소리 하지 말라고, 네가 고칠 데가 어디 있느냐고 나무랐지만, 어느새 나는 속으로 딸의 작은 눈과 낮은 코의 견적을 뽑고 있었다. 꿀꿀한 마음은 수술비 걱정 때문이 아니었다. 내 눈이 더는 딸을 세상에서 제일 예쁜 공주로 보지 않는다는 사실, 바로 그것 때문이었다.

사랑하는 대상에 대한 착시 현상이 사라지기는 아빠보다 딸이 더 심했다. 회사 스트레스로 신경이 온통 예민해져 있어서 짜증을 많이 내거나 더러 아내에게 버럭 소리라도 지르는 날이면, 딸은 선생님처럼 아빠를 나무랐다. 그럴 때 아이는 충분히 논리적이고 이성적이었으나, 아이의 차가운 태도는 내게 무척이나 생경한 것이었다.

때때로 사는 것이 힘들어 혼자 소주를 마시고 어깨가 처져 집에 돌아올 때면, 아내보다 딸에게 더 눈치가 보였다. 고故 신해철이 '아버지와 나'에서 읊조린 대로, 한때 "까마득한 산처럼 높"고 강했던 아버지가 "가족에게 소외받고, 돈 벌어 오는 자의 비애와 거대한 짐승의 시체처럼 껍질만 남은 권위의 이름을 짊어지고 비틀거"리는 모습을 들켜 버릴까 봐 무척이나 신경이 쓰였다.

그러나 이미 딸은 알고 있었다. 어느 해 여름, 딸은 가족 여행지에서 펑펑 울며 내게 고백했다.

"아빠, 나는 점점 약하게 변해 가는 아빠가 슬퍼."

딸은 아빠가 눈치를 보기 이전부터 아빠가 그저 한 명의 늙어 가는 남자라는 것을 확인하고, 받아들이고, 그것에 당황하며, 자기 성장의 아픔을 겪고 있었던 것이다. 시트콤 같겠지만, 딸의 고백을 듣고 아빠도 엉엉 울면서 대답했다.

"이 과정을 다 받아들이자. 너는 크고, 아빠는 늙는 거야."

아빠들이 딸 앞에서 바보가 되는 이유 중 하나는, 딸만이 세상에서 유일하게 자신을 영웅으로 보기 때문이다. '아빠는 전지전능하고 젠틀하며 유머러스하고 못 하는 것이 없다'는 딸이 가진 아버지에 대한 신화를, 세상의 아버지들은 자기 삶의 버팀목이자 초강력 자양강장제로 여기며 살아간다. 그러다 어느 순간, 아버지가 딸을 한 명의 숙녀로 보듯, 딸 역시 그 신화를 아빠에게서 거둬들일 때, 아버지들은 한동안 깊은 외로움을 느껴야 한다.

엄마와 딸이 동성끼리의 교류감으로 그들만의 친밀감을 부침 없이 나눠 가질 때, 아빠들은 커 가는 딸과의 관계에서 일종의 분리 불안의 아픔을 홍역처럼 앓게 된다는 것을, 엄마들은 알까? 딸들은 알까?

딸과 불화하는 아버지

여자를 바라보는 남자의 관점이 백팔십 도 바뀌는 시점은 자기 딸을 낳는 순간이다. 이 여리고 예쁜 아이가 험악한 늑대의 무리 속에서 어떻게 커 나갈지 잠시 걱정하다가, 자기부터라도 여자들에게 잘하자는 생각을 하게 된다. 동료 여직원에게 갑자기 친절해지는 사람도 있고, 심지어 아가씨들 나오는 업소에 발을 끊는 사람도 있다. 그래 봐야 작심 석 달도 못 가는 변화이지만, 하여간에 남자는 딸을 낳으면서 여성관에 혁명적인 바람이 분다.

그런 아빠의 노력에 보답이라도 하듯 딸들은 자라면서 아빠를 무한 감동시킨다. 제 엄마에게 야단을 맞고 아빠에게 쪼르르 달려와 흑흑 울 때도, 출퇴근 시 아빠 볼에 쪽 하고 입을 맞출 때도, 출장 가는 아빠의 바짓가랑이를 잡고 대성통곡을 할 때도, 아빠는 아내라는 여자에게서 느껴보지 못한 벅찬 사랑을, 이 어린 천사에게서 느낀다.

딸들이 늘 그렇게 아빠의 마스코트로 있어 준다면 얼마나 좋으련만, 현실은 그렇지 못하다. 네 살의 눈에 아빠는 슈퍼맨이고, 열네 살의 눈에 아빠는 못 하는 것도 있는 남자이며, 스무 살의 눈에 아빠는 잔소리꾼이고, 스물다섯 살의 눈에 아빠는 꽉 막힌 꼰대 노인이다. 주변에도 부자간 갈등, 모녀간 갈등 못지않게 부녀간 갈등으로 마음 고생하는 아빠들이 의외로 많다. 문제는 앞의 두 갈등이 각각 애증愛憎과 동성同性 간의 끈끈함으로 화해의 돌파구를 찾아가는 반면, 아버지와 딸은 서로 등을 돌리면 상황이 생각보다 심각하다는 점이다.

상처喪妻 후 삼남 일녀를 키운 육십 대 선배는 몇 년 전 서울 근교에 전원주택을 마련하면서 딸과 등을 돌렸다. 아버지의 이사 결정을 두말없이 따른 아들들과 달리, 딸은 교통이 불편하다는 이유로 독립을 선언했다. 그것까지는 좋았는데, 딸이 너무 자기 몫만 챙기려 하고 가족을 남처럼 생각하는 모습을 보며 아버지는 심한 섭섭함을 느꼈다.

그렇다고 아버지는 딸 앞에서 그 감정을 표현할 수도, 조리 있게 말할 재주도 없었다. 그러다 보니 딸을 보면 눈도 마주치지 않게 됐고, 공연히 심술이 나 거친 말들을 쏟아 냈다. 심지어 "너는 내 딸도 아니다"라는 말까지 나왔다. 딸은 딸대로, 믿음직한 거인에서 점점 더 속 좁은 노인으로 변하는 아빠가 싫어졌고, 술만 마셨다 하면 같은 소리를 반복하는 아빠가 지겨워졌다.

그러던 어느 날, 오랜만에 온 가족이 맥주 한잔 하는 자리에서 좋은 남자 만나 잘 사귀라는 아버지의 당부에 딸은 농담처럼 이런 말을 던졌다.

"아빠랑 정반대인 사람 사귈 거야."

그 말에 선배는 일 년째 딸과 말 한 마디 섞지 않고 살고 있다는 것이다.

명상 센터에서 만난 또 한 명의 육십 대 남성도 그랬다. 명상 센터 프로그램은 삼십 분간 명상을 하고 이십 분간 집단 인터뷰를 하게 되어 있었는데, 참여자들은 대부분 인터뷰 시간에 지도자에게 명상에 대한 질문을 하거나 더러 자신의 고민을 토로하기도 했다. 그 육십 대 남성은 이 시간에 딸과의 단절에 대해 머뭇거리며 이야기했다. 딸이 스무 살 전까지는 아버지와 대화도 잘하고 친했는데, 스무 살이 넘고 나서는 아예 말 한 마디도 하지 않는다는 것이었다.

아버지는 그것이 서운하다고 말하며, 딸과의 관계 회복을 위해 무엇을 해야 하는지를 지도자에게 물었다. 최근 마지막으로 나눈 대화가 무엇이었느냐는 물음에, 아버지는 우유 이야기를 했다. 딸에게 우유를 마시라고 그렇게 말을 했는데, 딸은 자기는 어린아이가 아니라며 냉장고의 우유가 유통기한이 다 될 때까지 한 모금도 우유를 입에 대지 않았다는 것이다.

딸과 불화를 겪고 있는 두 명의 아버지를 보며, 부모 눈에 자식은 환갑이 지나도 아이일 것이라는 생각을 했다. 게다가 그 아이가 한때 세상의 모든 기쁨 그 자체였던 딸이라면, 아빠는 그 천사의 사소한 말 한마디에 큰 상처를 받을 것이었다.

아버지 같은 남자만 피해서 만나겠다는 딸의 농담은 선배에게 얼마나 가슴 녹아 내리게 하는 말이었을까? 아버지가 딸에게 던진 거칠고 냉랭한 말에 딸 역시 무척이나 마음이 아팠겠지만 말이다. 그러나 늙어 가는 아버지는 딸의 상처가 눈에 들어오지 않는다. 오직 자신이 딸에게 당한 배신(?)만 떠올라 딸을 호적에서 파낼 기세로 낙담했을 것이다.

이러지도 저러지도 못한 채 고작 우유나 챙겨 주려는 센스 없는 부정父情은 또 어떤가. 딸은 정작 아버지와의 갈등의 원인이 다른 데 있다고 생각하며 아버지가 챙겨 주는 우유를 거절했을 것이다. 하지만 아버지는 그런 딸의 거절에 가슴앓이만 하다가 결국 명상 센터에서 자기 하소연을 하고 있다.

세상의 딸들아, 들어 봐라.

당신들이 아빠와 친할 때, 아빠의 논리와 합리성 때문에 그리 정다웠던가? 거칠한 아빠의 수염이 당신 볼에 닿는 그 무언의 느낌만으로 당신은 아빠의 사랑을 감지했고, 아빠를 무조건 수용했다. 딸은 이제 더 많이 똑똑해졌고 표현력도 풍부해졌지만, 아빠는 오히려 둔감해지고 어눌해졌다. 여전히 경제력을 가진 아빠가 갑이라고 생각한다면, 그것은 착각이다. 세상의 딸들은 어려서도 갑이었고, 커서도 영원히 갑인 것이다.

자식 이길 부모 없다지만, 부모 이기고 후회 안 하는 자식도 없다. 특히 부녀지간 화해의 열쇠는 딸이 쥐고 있다. 세 살 딸이든 서른 살 딸이든, 딸의 애교 앞에 녹지 않는 아빠가 세상에 어디 있으랴. 딸이 먼저 아빠의 손을 잡아 주면, 차갑게 식은 아빠의 손은 금세 온기를 되찾는다.

그렇게 하기가 죽기보다 싫더라도, 딸들아 그렇게 하라. 당신의 아빠도 당신 똥 기저귀 갈아줄 때 무슨 꽃향기를 맡는다고 좋아했겠는가?

/

그냥,
그냥, 그냥

/

우리 회사 이 팀장은 아들 바보다. 퇴근하면 아이를 씻기고 아이와 놀아 주고, 주말이면 친절한 기사님이 되어 홍천으로 과천으로 〈아빠, 어디 가〉를 찍는다. 함께 점심을 먹을 때도 아이 이야기만 나오면 눈이 반짝이고, 같이 간 해외 출장길에서도 면세점 장난감 코너에서만 한 시간을 두리번거린다.

그럴 때마다 나는 후후 웃으며 한마디를 한다.

"아이가 다섯 살이라고 했지? 지금이 좋을 때야. 앞으로 십 년만 있어 봐. 저 원수를 내가 왜 낳았나, 땅을 치고 후회할 테니."

내 아들은 중학생이 된 이후로 아빠와는 눈도 잘 마주치지 않고 해안가의 게처럼 자기만의 동굴 속으로 들어가려고 한다. 자고 일어나면 콩나물처럼 쑥쑥 커 있고, 씨름꾼처럼 몸집이 불어나는 그 모습은 대견하지만, 정서의 교감이 끊긴 탓에 때때로 남의 집 아이를 하숙 치고 있는 듯한 씁쓸함은 어쩔 수 없다. 엄마의 자리에 휴대전화가 들어왔고, 아빠의 자리는 컴퓨터 게임이 차지했다. 사춘기 전까지 내가 아들 예뻐한 극성은 이 팀장 못지않았다. 땡깡을 피워도 예뻤고, 엉엉 울어도 귀여웠다. 세상에서 제일 예쁜 새끼는 사람 새끼라지만, 사람 새끼 중에서도 내 새끼가 가장 예뻤다.

그랬으니 어느 때부터인가 괴물이 되어 가는 낯선 소년을 어찌 쉽게 받아들일 수 있었을까. 이렇게도 해 보고, 저렇게도 해 봤지만 심한 방황의 늪에서 빠져 나오지 못하는 아이가 너무나 가여워 가슴이 아팠다. 그러다가도 왜 우리 집 사내놈만 이리 부모 마음을 헤아리지 못하고 유난스러운 건지 억울하다. 그때는 술 한잔의 기운을 빌어 안방문을 닫고 작은 목소리로 아내에게 옹알거린다.

“저 놈을 키워서 뭘 하나. 무슨 부귀영화를 누리겠다고, 다 쓸모없는 짓이지.”

또 다른 후배 노 과장은 극성스럽기가 국가대표 수준인 딸 바보다. 한번은 공중파 토크쇼에 100인의 딸 바보 아빠 중 하나로 초대받은 적도 있다. 그는 인터넷 아빠 커뮤니티에 적극적으로 참여하며, 다른 아빠들로부터 육아의 방법, 쇼핑 정보, 아이와의 놀이법 등을 전해 듣고 이를 꼼꼼하게 챙긴다. 유치원에 다니는 아이가 약간의 부당한 대우를 받으면, 그 즉시 회사에 반차를 내고 엄마보다 먼저 달려가 항의한다. 어쩌다 술 한잔 마실 때도 제 아이 사진을 하나라도 더 보여 주려 혈안이 되곤 하는 노 과장을 보며, 나는 약간의 회한을 담아 그에게 이렇게 말해 준다.

"딸이 아빠를 슈퍼맨으로 믿고 따를 때가 아빠로서는 가장 행복할 시기야. 마음껏 즐겨."

고3이 된 후 나와 아내는 딸을 무엇에서든 열외시키고 특권층의 지위에 올려놨으나, 그 기간 동안 무던히도 속을 끓여야 했다. 제 방 청소 하나 하지 않고, 시도 때도 없이 온갖 짜증을 다 내며, 참다 참다 부모가 한마디만 하면 열흘 동안 입을 닫아 버리는 고3 히스테리를 지켜보는 일은 곰이 인간으로 변하는 데 필요한 것보다 더 큰 인내심을 필요로 했다.

상전으로 변한 아이가 미울 때마다 부부는 옛날 앨범을 들여다보았다. 꼼지락거리는 열 개의 손가락, 발가락을 보며 건강하게 태어나 준 것에 감사하고, 내 딸 똥은 황금빛이라며 똥 기저귀 가는 것조차 즐거워하던 시절. 처음 배를 뒤집던 날, 처음 걸음마를 떼던 날, 처음 "아~빠!" 하고 부르던 날. 그 감동과 환희를 어찌 잊으랴. 집에서는 아이를 안고 업고, 나가서는 물고 빨던 그 밀착의 시간들. 세상에서 아빠가 가장 좋다며, 아빠랑 평생 살 거라는 딸아이의 약속에 입이 귀 밑까지 걸리던 그 순수의 시간들이 앨범 속 빛바랜 사진에 다 들어 있다.

앨범을 보다 보면 문득 예쁜 백조가 미운 오리로 변한 이 상황이 참으로 기가 막히고 한심했다. 그래 봐야 부부는 꽥 소리를 지르고 들어가 버린 견고한 딸의 방문을 곁눈질하며, 행여나 들릴세라 음모 꾸미듯 조용히 한마디를 TV 소리에 묻혀 내보낼 뿐이다.

"자식새끼 키워 봐야 다 소용없어. 우리도 저것들 빨리 독립시키고 노후 준비나 제대로 합시다."

갱년기 증세 중 하나가 '무자식이 상팔자'라는 말을 입에 달고 다니는 것이라던데, 정말 맞는 말인 듯하다. 아아, 등 돌린 아이들을 보면, 왜 자꾸 본전 생각이 나는 걸까? 저 애들 먹이고 입히고 공부 가르치는 돈으로 해외여행을 다녔으면 지구 몇 바퀴는 돌았을 거라는 생각도 불쑥 들고, 좋은 차를 수시로 바꾸고 사

계절 명품 옷을 입었어도 지금보다는 더 부자였을 거라는 생각도 슬쩍 든다. 벌써부터 저렇게 부모 마음을 몰라주니, 지금보다 더 힘 떨어지는 때가 오면 자식새끼한테 밥 한 술 얻어먹기는커녕 구박이나 받지 않는 것만도 다행으로 여겨야 할 거라며, 비련의 늙은이 코스프레도 해 본다. 퇴근하고 집에 돌아오면 큰 헛기침 한 번 해야 겨우 제 방에서 고개를 빼꼼 내밀고 까딱 인사 한 번 하는 애들 모습을 보거나, 술 마시고 늦은 귀가를 한 날 아무도 나와 보지 않는 불 꺼진 거실에 홀로 서 있을 때면, 언제 어디서든 나만 왔다 하면 미친 듯이 달려와 꼬리를 흔들고 빙글빙글 돌다가 어떨 때는 오줌까지 지리는 강아지가 더 내 새끼 같아 피식 씁쓸한 웃음도 흘린다.

그러나 세상사, 잃는 것이 있으면 얻는 것도 있는 모양이다. 엄마가 좋은지 아빠가 좋은지를 물어보며 은근히 경쟁의 대립각을 세우던 부부는, 아이의 재롱 앞에선 경쟁자였으나 아이들이 품 안에서 빠져나갈 땐 둘 다 상처받은 동지가 된다. 부모 · 자식은 일촌, 부부는 무촌이라며 피 한 방울 섞이지 않았으므로 언제든 등 돌리면 남이라고, 자식보다 은근히 후순위로 밀어 뒀던 부부 사이가, 결국 오래 볼 건 당신밖에 없다며 측은한 눈빛을 촉촉이 교환하는 관계로 발전하는 것도 바로 이 시기다.

어느 날 밤, 이어폰을 끼고 태블릿 피시로 영화를 보고 있는데

그 아이들이 우리에게 와서
우리 인생이 한동안 얼마나 행복했던지요.
그냥 그것만으로 아이들에게 고마워하기로 해요.
그리고 당신, 참 많이 애쓰고 있어요.

옆에서 책을 보던 아내가 내 손을 꼭 잡는다. 무슨 말을 하려나 싶어 이어폰을 빼고 "응?" 하고 말을 건네니, "그냥"이라며 배시시 웃는다.

그냥, 그냥이요.

우리는 하나의 생명을 낳아 그 생명이 봄처럼 피어나는 모습을 하루하루 지켜봤어요.

우리가 주는 먹이와 사랑을 받아 저 아이들이 이만큼 컸죠.

한 개를 받기 위해 한 개를 준 것도 아니고, 보험이라 생각하며 아이를 키운 것도 아니죠.

그 아이들이 우리에게 와서 우리 인생이 한동안 얼마나 행복했던지요.

지금은 또 우리가 좋은 부모와 좋은 어른으로 성장하게끔 끊임없이 스스로를 돌아보게 해 주죠.

때로는 힘들고 좌절도 하지만, 우리는 우주 하나를 온전히 만들어 가고 있어요.

그 위대한 업적을 가능하게 해 준 것만으로도 아이들은 우리에게 크나큰 선물을 준 것이죠.

그냥 그것만으로 아이들에게 고마워하기로 해요.

그리고 당신, 참 많이 애쓰고 있어요.

그냥, 이라며 배시시 웃는 아내의 눈 속에 이 모든 말들이 다 들어 있음을, 나는 안다. 잡힌 손을 가만히 놔둔 채, 나도 속으로 중얼거린다. 그냥, 그냥, 당신도 그냥.

/

스케일보다는 디테일

/

십 년 넘게 운영자로 있는 온라인 커뮤니티가 있다. 살아온 환경과 살아가는 배경이 다른 사람들끼리 강산이 한 번 바뀌는 세월을 함께하고 있다는 것은 생멸生滅의 부침이 유난히 심한 인터넷 공간에서 드문 경우다. 그 비결은 모임의 태동 때부터 지금까지 유지되고 있는 쿨한 무관심의 정서다.

'오는 사람 잡지 않고 가는 사람 막지 않는다'는 회칙은 회원 상호 간 이른바 '아름다운 거리'를 유지하게 만들었다. 그렇다고 친밀도가 밍밍하냐 하면, 그건 또 아니다. 한번 만났다 하면 사흘 밤낮을 도끼 자루 썩는 줄 모르고 마시고 놀 정도로, 거의 형제·자매 사이보다 가깝다. 그래서 나는 내가 만든 이 쿨한 문화가 좋았다.

그런데 언젠가부터 이 모임이 불편해지기 시작했다. 그것도 내가 씨앗을 뿌린 쿨함 때문이었으니, 이를 두고 자승자박自繩自縛이라 할 수 있겠다.

십 년은 강과 산의 모양새만 바꾸는 것이 아니라 사람도 변화시킨다. 외모도 바꾸고, 입맛도 바꾸고, 생각과 가치관도 바꾼다. 때때로 그 변화는 진화일 수도, 퇴행일 수도 있다. 그 퇴행 중 으뜸은 작은 것에 상처받고 소심해지며 잘 삐치는 것이다. 사회 정의와 만민 평등을 늘 주장했던 시인 김수영도 생활 속에서는 '나는 왜 작고 사소한 것에만 분노하는가'라고 탄식하지 않았던가.

몇 년 전 삼재三災가 들었는지 하는 일마다 안 되고, 아이는 속을 썩이고, 회사는 휘청거렸던 적이 있다. 그로 인해 온라인 및 오프라인 번개에 참석하는 빈도가 모두 뚝 떨어졌는데, 이런 내가 걱정되지도 않는지 연락도 없는 회원들에게 **'살짝'** 서운했다. 어쩌다 '힘들다'는 유의 글을 남겼음에도 위로의 댓글이 아닌 시답잖은 농담 따 먹기나 하려는 듯한 회원들에게 **'슬쩍'** 빈정 상했다. 오랜만에 얼굴을 비췄음에도, 마치 어제도 만난 듯이 행동하는 둔감한 감수성의 회원들에게 **'은근'** 마음 상했다. **'살짝'** 과 **'슬쩍'** 과 **'은근'**이 눈덩이처럼 쌓이다가 눈사태처럼 와르륵 쏟아진 것은 다름 아닌 캔 맥주 하나 때문이었다.

복날 파티를 하자고 모의하다, 참석자들이 자신의 취향에 맞는 요리나 와인을 가지고 오자는 이야기가 나왔다. 한 여성 회원이 맛있는 독일 맥주를 가져온다고 했는데, 그 브랜드를 듣는 순간 목젖이 반란을 일으키고 침샘이 경기를 해댔다. 그 맥주는 유럽 여행 때 나를 완전히 매료시켰던 바로 그 꿈의 캔 맥주였던 것이다. 나는 '선약이 있어 모임에 늦게 가야 하는데, 다른 것은 다 먹어도 그 맥주만큼은 한두 개를 꼭 챙겨 놓으라'고 전체를 향해, 그녀를 향해, 신신당부를 했다.

그리고 드디어 그날, 낮 한 시부터 시작된 파티가 거의 마무리되어 가던 무렵, 뒤늦게 합류한 나는 자리에 앉자마자 내 맥주부터 찾았다. 그러나 이미 눈이 반쯤 풀린 맥주 주인은 갑자기 눈을 동그랗게 뜨고 이렇게 말했던 것이다.

"어머! 어쩌지. 그거 우리가 다 먹어 버렸는데…. 딸꾹."

늙는 자에게는 사소한 일로 인한 삐침이 나라 잃음으로 인한 삐침보다 더 오래가고 치명적이라는 것을 그때 제대로 알았다. 나는 여전히 캔 맥주를 못 먹어서가 아니라 나에게 캔 맥주만큼의 배려심도 보이지 않았다는 이유로, 그녀가 밉고 서운하다. 그래서 온라인 단체 대화방에서 그녀가 웃으며 인사를 해도 조금은 쌀쌀맞게 답례를 하거나, 그녀가 있으면 다른 사람에게 막 더 친한 척하며 소심하고 유치한 나만의 복수를 하고 있다.

어느덧 지천명知天命에 들어선 내가 이러는 것도 우습긴 하지만, 나는 그냥 이 퇴행을 인정하기로 했다. 언제 철이 들지를 자책하거나 아직 인간이 덜 됐음을 탄식할 생각도 없다. 그저 나이가 들면서 더 작고 세심한 인간관계와 정을 그리워한다는 정도로 받아들일 뿐이다. '스케일'보다는 '디테일'에 연연한다는 것을 노화의 한 징후로 수용할 뿐이다.

다만 그 퇴행의 와중에 내가 안도할 수 있는 것은 역지사지易地思之의 마음이 생기기 때문이다. 이 풍진 세상 속에서 내가 쿨한 무관심보다는 따뜻한 위로와 지지를 갈망하듯이, 남들도 마찬가지로 그럴 것이라는 생각. 맥주 한 캔에 내가 상처받을 수 있듯이 나 역시 누군가에게 사소한 것으로 아픔을 줄 수 있을 거라는 소름 돋는 경계감.

한 이불을 덮고 잔다는 이유로 더 많이 무심했고 무감했던 아내에게 슬금슬금 다정한 눈길을 보내려 노력하는 것도 이 때문이다. 피곤해 보이는 회사의 여직원에게 따뜻한 말 한마디라도 해주려 애쓰는 것도 이 때문이다. 단체 대화방에 누군가가 메시지를 남겼을 때 아무도 답변을 하지 않으면, 내가 불안해 객쩍은 농담 한 마디라도 꼭 남기는 것 역시 이 때문이다. 아들, 딸에게 서운하고 꼭 하고 싶은 말이 목구멍까지 올라오더라도, 그 말에 또 아이들이 상처받을까 봐 침묵하고 마는 것도 이 때문이다.

가슴이 좁아져 봐야 내가 잘 삐친다는 것을, 내가 잘 삐쳐 봐야 남도 삐칠 수 있다는 것을 이해한다. 그러니까 맥주 한 캔에 토라진 내 마음은 역설적으로 노화의 긍정성을 증명하는 것일 수도 있다고 혼자 자위하며, 맥주녀 후배에게 술 번개를 하자는 문자를 날리고 있는 것이다.

버리고 싶지만,
버릴 수 없는

일본의 영화감독이자 명배우인 기타노 다케시는 "가족이란 남들이 보지 않을 때 내다 버리고 싶은 존재"라고 말했다. 비록 쇼윈도 풍경일지라도 화목한 가정의 모습을 보여 줘야 명성에 도움이 되는 유명인의 입장에서, 꽤나 솔직하고 용감한 발언을 했던 것 같다. 아닌 척하고 모른 척해 봐도 어쩔 수 없이 가족은 세상 누구보다 서로에게 직접적인 상처를 주고 한숨과 원망을 안긴다.

물론 세상 모든 것은 빛과 그림자, 즉 양면성을 가지고 있다. 가족도 예외일 리 없다. 그렇지만 가족이란 사랑과 희망, 구원과 위로를 주는 존재이며 또 가족이라면 응당 그래야 한다는 강박이 워낙 크다 보니, 그 밑에서 새어 나오는 신음 소리는 이물 취급을 받기 십상이다. 가족 때문에 더 아프다는 이야기는 굳게 닫힌 '우리 집' 대문 밖을 좀체 빠져 나오지 못한다.

청소년 시절에 나는 차라리 내가 고아였으면 좋겠다는 불온한 상상을 가끔 했다. 그렇다면 내가 하고 싶은 대로, 살고 싶은 대로 세상을 살아갈 수 있을 것 같았다. 사이가 좋지 않은 부모님의 부부 싸움을 보지 않아도 되고, 남편 복도 없는데 자식 복은 있겠느냐고 하소연하며 눈물을 흘리는 어머니 앞에서 같이 슬픈 표정을 짓지 않아도 되고, 그 말을 듣고 한참 나이 많은 형들이 지르는 고함 소리를 듣지 않아도 되고, 그 모든 걸리적거림에서 해방될 수 있는 고아라면, 정말 행복할 것 같았다. 그러다 문득 내가 지금 무슨 생각을 하고 있나, 정신이 번쩍 들면서 행여 이런 바람 때문에 부모님이 돌아가시면 어쩌나 싶어 마음속으로 성호를 그으며 참회를 하곤 했던 것이다.

내가 가정을 만들고 그 가정의 중심이 되면서, 나는 무대를 연출하는 사람처럼 내 손으로 내 가정에 행복만 가득 채울 수 있을 거라고 자신했다. 그러나 현실은 그렇지 못했다. 오히려 어린 시절의 음험한 공상은 애교 수준이라 느껴질 정도로, 가족을 "내다 버리고 싶은" 마음이 간절하게 들 때가 있었다.

가난했던 젊은 아빠 시절에는 오히려 그런 마음을 가져 본 적이 없었다. 산이 나타나면 산을 넘고, 강이 앞을 막으면 강을 건너는 것만이 가장으로서 가졌던 관심의 전부였으니까. 그런데 그런 장애물들을 어느 정도 넘고 나니 가족을 유기遺棄하고 싶은 시기가 기다리고 있었고, 나는 그런 마음이 든다는 사실에 대해 얼마간은 당혹감을 감추지 못했다.

함께한 세월이 늘어 갈수록 부부간의 이해는 더 깊어져야 할 텐데, 끝내 화합할 수 없는 아내의 그 어떤 부분에 속절없이 마음을 다칠 때가 있다. 가령 삶이 너무 힘들 때 그 힘듦을 조금도 위로받지 못한다는 생각이 들 때면, 타인보다 더 냉정하게 구는 이 사람과 함께 남은 미래를 꿈꾼다는 것이 모두 부질없게 느껴지곤 한다.

예쁘게 키웠다고 생각한 딸이, 가슴이 콱 막히도록 답답하고 미울 때도 있다. 부모와의 의견 충돌 속에서 자기주장만 되풀이하거나 첫째인데도 너무 자기만 생각하는 이기적인 면을 볼 때면, 그토록 예뻤던 눈, 코, 입과 표정까지 모두 보기가 싫어진다.

아무리 십 대의 사내아이는 유별나다지만, 내가 갑자기 응급실에 실려 가도 아들놈은 눈 하나 깜빡하지 않고 휴대전화 게임질이나 할 거라는 생각이 들 때는 우리나라 군대가 소년병 제도를 신설하면 좋겠다는 생각까지 한다. 자석의 같은 극처럼 서로 간에 당김은 없고 밀어냄만 있는 듯한 부자 관계는 억울하고, 속상하며, 분통 터지고, 본전 생각과 소주 생각만 많이 나게 하는 것이다.

그렇게 부부생활이 길어지고 아이들이 커 가면서, 욕구 불만에 걸린 부모의 권위와, 부모의 질서를 갑갑해하는 아이들의 불만과, 연인도 그렇다고 친구도 될 수 없어 그저 서로의 주변에서 서성거리기만 하는 부부의 마주치지 않는 눈빛이 한 공간에 뒤섞여 가족이라는 이름으로 신음을 토하고 있는 것이다. 더 나를 기죽이는 것은 내가 때때로 저들을 싫어하는 만큼 저들은 더 자주 집안의 권력자를 싫어할 것이라는, 자기 검열에 따른 짐작이다. 그 짐작의 덫에 걸리면, 나는 숨이 턱하고 막히며 내 집이 한없이 불편해진다.

그럴 때면 냉장고 문, 거실 벽, 신발장 위와 책상 위의 오래된 사진을 본다. 나비의 꿈을 꾸는 노인이라도 된 양, 내 기억의 저편 봄의 시절을 두둥실 더듬어 간다.

수줍은 아내와 함께 춘천 공지천을 거닐며 느꼈던 두근거림, 퇴근 후 아내를 보고 싶은 마음을 이기지 못해 강남에서 철원까지 택시를 불러 한달음에 달려갔던 그때의 열정, 딸아이가 태어났던 그 해 봄날의 들뜸, 밤을 새워 아이의 이름을 지으며 경험한 기분 좋은 달뜸, 퇴근하고 보모 집으로 아이를 데리러 가면 "아빠!" 하고 딸아이가 달려올 때 맛본 충만한 행복, 딸아이를 등에 업고 아파트 꽃과 나무를 구경시켜 주던 그 밤의 달콤한 공기, 욱하는 마음에 아이의 허벅지를 찰싹 때린 것이 너무 가슴 아파 다음날 월차를 내고 딸과 함께 놀이공원에 갔던 순한 시간들, 아들을 낳고 강렬하게 느낀 핏줄에의 끌림, 아들이 떼를 쓰고 고집을 피워도 그 어린 감정이 마냥 신기하고 흐뭇하게만 보였던 기억, 가족이 다 함께 남해와 발리와 세부와 괌으로 여행을 다니던 날들…….

왜 그런 생각만으로도 마음이 미어지고 눈물이 맺히는 걸까? 서운하고 미웠던 감정들이, 어느새 더 잘해 주지 못한 것에 대한 미안함과 더 유능하지 못한 가장으로서의 자책감 그리고 다시는 돌아오지 않을 그 시절에 대한 그리움으로 바뀌어 버린다.

아마 내가 저렇게 홀로의 공간에서 눈물을 흘리듯, 내 아내와 내 딸과 내 아들도 자기의 공간에서 각자의 사연으로 눈물을 흘릴 것이다.

함께 웃었던 가족들이 각자의 밀실에서 자기 몫의 울음을 운다는 것, 그것을 알면서도 함께 울어 주지 못한다는 것. 어쩌면 그것이 버리고 싶지만 도저히 버릴 수 없는, 버린다는 마음만으로도 한없이 미안해지고 애틋해지는, 가족의 진짜 속살인지도 모른다.

/
아버지와 콩나물
/

나는 이전에 썼던 어느 글에서 한국의 아버지가 개체가 아닌 전체로 대우받고 있음을 이야기하며 안타까워했던 적이 있다. 그 이야기에 더 보태고 싶은 말이 있어, 여기 그 글의 일부를 약간 수정, 인용하려 한다.

"백 명의 자식들에게 어머니는 백 명의 어머니다. 자식의 입에서 표현되는 제 어머니는 저마다 다른 색깔을 가지고 있고, 그 인생의 결과 질감도 제각각이다. 어머니가 끓인 김치찌개가 다 다르듯, 아들과 딸 들에게 구술되는 어머니는 다 다르게 들린다. 그러나 자식들 입에서 나오는 아버지들은 똑같이 늙어 가고 있고, 똑같이 괴팍하고, 똑같이 이기적이며, 똑같이 권위적이고, 똑같이 멀고 원망스러운 사람이었다. 그러니까 백 명의 자식들이 말하는 아버지는 단 한 명일 뿐이고, '내 아버지'가 아닌 '아버지들'이라는 전체로 존재할 뿐이다.

각각의 고유한 인생으로 기억되거나 인정받지 못한 채 정형화된 집합 명사로 인식되는 아버지라는 이름의 삶은 얼마나 가련한가. '내 아버지'가 아닌 '아버지들'로 호칭되는 아버지의 존재는 얼마나 허무한가. 한때는 특혜의 이유였으나 나중에는 자기 발목을 잡는 이름, '남자'가 주는 무게감에 짓눌려 자기감정조차 제대로 표현하지 못하고 전체의 아버지로서 사라져 가는 남자들의 삶은 얼마나 딱한 것인가."

-《남편의 본심》 중에서

나 역시 이러한 사실을 자각하게 된 것은 불과 몇 년 전이다. 그전까지는 내 아버지의 고유한 인생에 대해 잠시도 생각해 본 적이 없었다.

나는 지금도 콩나물을 보면 내 아버지가 생각난다. 내 나이 열세 살 때였다. 아버지는 서울 변두리 어느 공장의 수위였고, 어머니는 남의 집 식모를 살고 계셨다. 누이와 나는 공장 관사의 방 한 칸에서 아버지와 셋이 살았는데, 사장님은 전기료 나간다고 우리가 TV를 보는 것까지 간섭했던 노랑이였다. 도둑처럼 까치

발을 세우고 살금살금 방문 앞까지 와서는 갑자기 문을 확 열어젖히는 바람에, 한창 〈원더우먼〉과 〈신밧드의 모험〉을 재미있게 보고 있던 나는 종종 혼비백산하곤 했다. 그래서 대개는 한 손으로 문고리를 잡고 귀 한쪽으로 문 밖의 소리에 집중하며, 모기만 한 소리로 TV를 틀어 몰래 보곤 했다. 그런 일들을 궁핍이라고 느끼지 못했던 것은 그 시절이 너나없이 가난하고 힘들었기 때문이었을 것이다.

그러던 어느 날, 학교에서 도시락을 먹는데 옆 짝꿍이 콩나물무침을 꺼내는 것이었다. 향긋한 내음이 코끝을 자극했고, 빨간 고춧가루로 범벅이 된 탱글한 콩나물이 내 시선을 사로잡았다. 행여 국물이 샐까 봐 삼백육십오일 라면 봉투에 칭칭 감아 싸 줬던 아버지의 김치가 너무 미웠던 순간이기도 했다. 그날 나는 일기장에 콩나물 무침을 너무 먹고 싶다고 썼다. 내가 본 친구의 그것, 들기름이 반들거리고 고춧가루가 탐스러웠던 콩나물 무침을 상세히 묘사해 써 놓은 것이다. 지금 와 생각해 보면 그게 뭐 그리 대단한 반찬이련만, 어머니와 살지 못하는 관사의 소년에게 그것은 야박한 사장님의 눈을 피해 TV를 마음껏 보는 것보다 더 간절했던 것, 집 반찬에 대한 속절없는 그리움이었다.

그리고 며칠 후, 일기장 속의 그 반찬이 내 밥상 위에 올라왔으니, 아버지가 내 일기장을 훔쳐 본 것이 틀림없었다. 그때 나는 내 속내를 들킨 데 대한 부끄러움보다 먹고 싶던 것을 먹을 수 있게 됐다는 기쁨이 더 커서, 국물까지 싹싹 밥에 비벼 먹었다. 아버지는 아무 말씀도 하지 않은 채 걸신들린 듯 밥을 먹는 나를 묵묵히 지켜보셨고, 밥상을 물리는 내 머리를 쓰다듬어 주셨다.

아버지는 자신이 막내아들에게 해 줬던 콩나물 무침에 대한 기억을 돌아가시기 전까지 가지고 계셨을까? 알 수 없는 노릇이지만, 어른이 되어서도 내가 콩나물 무침을 보면 늘 소회에 젖는 것은 내 일기장을 훔쳐 보셨을 때의 아버지 마음이 과연 어떠했을지 미루어 짐작이 가기 때문이다.

아버지라고 자기 아들에게 행하는 사장의 야박함을 왜 몰랐을까. 그러나 가난한 가장이 할 수 있는 일은 모른 체하는 것이었을 뿐이다. 콩나물 무침을 너무 먹고 싶다고 쓴 아들의 일기장 앞에서 가장이 느껴야 했을 무력감과 비애는 어땠을까. 그것을 보고 기계를 잡던 거친 손으로 조물락거리며 콩나물을 무치셨을 아버지가 생각나, 나는 늘 집에서나 식당에서나 콩나물 무침 앞에서 젓가락을 머뭇거리는 것이다.

그러나 딱 거기까지였다. 시장에서 콩나물을 볼 때 콩나물 뭉치만 볼 뿐 뭉치 속의 콩나물 한 개, 한 개를 바라보지 못하는 것처럼, 나는 아버지를 간혹 추억했지만 아버지의 인생 전체를 바라보려 하지는 않았다. 콩나물 무침 사건 때보다 디 이진의 어린 시절, 학교에서 돌아온 어느 날 상념과 회한에 빠져 홀로 울고 있던 아버지의 눈물도 기억하지만, 나는 그것을 그저 허약하고 무능력한 가장의 표식으로만 여겼을 뿐 아버지 입장에서 그 눈물을 생각해 본 적이 없었다.

이제 와 반성과 회한이 대체 무슨 소용이겠느냐마는, 그 또한 나에게 찾아오는 엄연한 감정이니 있는 그대로 맞이할 수밖에 없는 노릇이다. 아마도 지금이라면 '우리 아버지는 대체 왜 그래?'라는 말 속에 담긴 실망감에 '아버지로서의 책임감'을 당연시하는 나의 인식이 자동으로 작용하고 있다는 사실을 알아차릴 것 같다. 그리고 그 인식 속에 등장하는 아버지는 기실 내 아버지가 아니라 누군가가 만들어 낸 우상 속 아버지일 수 있음을 한 번쯤은 의심할 것도 같다. 그리하여 내 아버지가 가끔 나를 실망시킬 수도 있다는 것을, 때로 책임감을 놓을 수도 있다는 것을, 자연스럽게 받아들일 수 있지 않을까 싶다. 그는 나와 같은 성性을 쓰는 연약한 단 한 명의 그리고 고유의 인간이라는 그 자명한 사실을, 중년 나이의 아버지가 된 지금에서야 인정하게 되는 것이다.

부모님의 묘를 이장하며

공교롭게도 두어 시간의 시차로 전혀 다른 두 사람에게 같은 물음으로 끝나는 넋두리를 들었다. 그들은 내게 "어떻게 사는 것이 잘사는 거냐?"라고 물었다. 그 말은 질문의 형식이었지만, 질문일 수 없다. 그 말에 대해 답해 줄 수 있는 사람은 세상에 아무도 없고, 답해 줄 누군가가 있을 것이라고 기대하는 사람 역시 어디에도 없다. 나 역시 그저, 아하하 한숨을 뱉듯 조금 긴 날숨을 토했을 뿐이다.

나보다 세상을 덜 산 한 사람은 가정을 이루지 못한 채 마흔으로 다가가는 자신의 미래가 암울하다고 했다. 그러면서도 결혼은 하지 않겠다고 했다. 그는 행복이란 것이 도대체 무엇이냐며, 늪처럼 눅눅한 질감의 문자를 연속으로 보내왔다. 나보다 세상을 더 산 한 사람은 예순이 넘어 되돌아본 자신의 지난 시절이 너무 수치스럽고 부끄럽다고 했다. 고개를 빳빳이 들고 잘난 척하며 살아왔지만, 집안의 큰일을 겪고 보니 자신은 정말 헛똑똑이였으며 그것이 창피해 앞으로 살아갈 용기도 나지 않는다고 했다. 전화기 저편에서 들려 오는 술 취한 음성은 고장 난 라디오에서 흘러나오는 소리마냥 불확실했고 불안정했다.

누군가는 미래가 불안해서, 누군가는 과거가 혐오스러워서 혼란스러워한다. 우리가 탄 인생의 버스는 이렇듯 정기적으로 막막한 안개 속에 진입한다. 느닷없이 흐려진 시계視界에 당황한 우리는 두 눈을 비벼대며 자문하고 탄식한다.

왜 살아야 하는지, 행복이 뭔지, 잘 살고 있는 것인지, 어떻게 해야 잘 사는 것인지.

그 질문을 듣기 얼마 전, 부모님 묘를 이장했다.

종교 단체가 운영하는 단정한 공원묘지에 부친 십 년, 모친 팔 년을 모신 후였다. 이장을 하기로 한 것이 풍수지리 문제나 현실적인 이해관계 때문은 아니었다. 큰 형님이 서울 근교의 전원주택으로 이사하면서 가까운 곳에 선친先親, 선비先妣를 모시고자 했고, 그래서 자그마한 산을 하나 장만했던 것이다.

장남 입장에서는 결정을 내리고 동생들에게 동의를 구하고 또 그 결정에 자기 확신을 갖기까지 적지 않은 고민을 했겠지만, 막내인 나는 그렇지 않았다. 산 자가 이사를 하듯 선령先靈을 더 큰 집으로 모시는 것이라고, 나는 이장을 덜 무겁게 생각했다. 그러나 이장이 또 하나의 장례라 할 수 있을 만큼 대사大事라는 것을, 나는 이장을 진행하면서야 알게 되었다.

더구나 이 두 번째 장례는 상주의 집중력을 더 많이 필요로 했다. 첫 번째 장례가 가족, 친지, 많은 조문객과 더불어 정신없이 치러지는 의식이라면, 이장은 직계 가족의 힘만으로 치러야 하는 신경 쓸 게 많은 의식이었다. 좀 더 가까운 거리에서, 남의 손을 빌리지 않고 내 부모와 한 번의 작별을 더 하는 행위가 이장이었다.

십 년의 세월은 부모의 죽음을 관념화시키기에 충분한 시간이다. 때 되면 찾아가서 벌초를 하고 인사를 드리면서도, 저 묘지 속에 내 부모가 누워 계시다는 것을 점점 막연하게 생각하도록 만드는 세월이다. 자식의 기억 속에서 부모가 점점 사라져 가는 동안, 땅속에서 부모는 유탈 중이셨다. 그리고 이제 잠시 세상에 나와 그 십 년의 세월을 자손들에게 보여 주려 했다.

그것이 비록 자연의 순리라고 하더라도 유골이 된 부모를 확인하는 일은 두려웠다. 그 전에 어디서 경험해 볼 수 없는 일이기도 했다. 회피할 수 있다면, 그렇게 하고 싶었다.

내 눈 앞에 펼쳐진 유골을 보며 나는 이물의 생경함을 느꼈다. 이 유골이 내 아버지의 것이라는 근거는, 그것이 십 년 전에 아버지를 묻었던 바로 이곳에서 나왔다는 사실 외에 아무것도 없는 듯 보였다. 눈빛이 형형했으며 입술이 두툼했던 내 아버지는 어디로 간 것일까? 유골과 나를 연결하는 것이 대체 무엇인지 생각해 내지도 못한 채 나는 아버지를 수습하고 있었다.

감정의 후유증은 이장을 모두 마치고 난 이후에 찾아 왔다. 부모를 더 좋은 곳으로 모셨다는 생각에 마음은 편했으나, 아스라해 가던 부모에 대한 기억이 다시금 생생하게 떠올라 힘들었던 것이다. 게다가 그 기억이 부모의 유골 장면으로 마무리되는 것은 잔혹한 일이었다.

허무와 무기력이 나를 찾아왔다. 그것은 갈라진 틈새에서 새어 나오는 매운 연기처럼, 스멀스멀 올라와 나를 제압했다.

"허무를 극복해야 한다."

부모의 유골을 보며 이물스러움을 느낀 죄인은 신음처럼 내뱉는다.

왜 살아야 하는지, 행복이 무엇인지, 잘 살고 있는 것인지, 어떻게 해야 잘 사는 것인지는 '살아 있을 때'에만 발생하는 자문이다.

지독할 만큼 치열하게 살아가기, 산 자의 특권을 최대한 누리며 살아가기, 삶에 애착을 가지고 진지하게 살아가기, 그러고 나서 언젠가는 당신의 모습으로, 당신처럼 쉬기.

귀밑머리 희끗해지며 모든 것을 귀찮아하는 자식에게 그 뜻을 전하기 위해, 당신은 당신의 최후를 보여 준 것이었을까. 아버지라는 이름의 외로움과 중압감에 지쳐 가는 아들이 안쓰러워, 그 말씀 전하기 위해 당신의 현재를 보여 준 것이었을까. 나는 두 명의 지인이 전화기에 남긴 무거운 성문聲紋을 더듬으며 풀 밭 창호지에 백골로 모셔지던 그분들을 한 번 더 떠올렸다.

4장

잃어버린 개성을 찾아서

너도 주인공, 나도 주인공

어머니는 막둥이인 나를 마흔다섯에 낳으셨다. 큰아들을 군에 보내고, 어머니는 더운 여름의 깨밭을 일구며 주문처럼 말씀하시곤 했다.

"동기 간에 우애 있게 지내야 한다. 자고로 큰형이 잘되어야 온 집안이 잘되는 것이다."

코흘리개 어린아이에게 '동기', '우애' 등은 마치 저 하늘의 구름처럼 아득하게 느껴지는 단어였다. 그러나 어머니가 마지막에 힘주어 강조하셨던 "믿을 건 피붙이밖에 없다"는 말씀은 내가 두 아이의 아빠가 되어서까지 내 무의식 한쪽을 차지하고 있다.

덕분에 나는 다른 아빠들에 비해 훨씬 더 깊이 육아에 관여했고, 아이들과 많은 시간을 보냈다. 가끔 어머니가 몹시 그리울 때는 "어머니, 저 잘 하고 있지요?"라고 대답 없는 질문을 던지곤 했다. 그럴 때마다 이상하게 마음이 아려오는 이유가 어머니에 대한 죄의식 때문이었음을 나중에서야 알았다. 돌아가실 때까지 자식을 위해 줄 수 있는 모든 것을 다 주시며 우리를 위해 희생하셨던 어머니에게, 나를 포함해 늙어 가는 형제들은 모두 죄인의 심정을 가져야 했던 것이다.

아이들이 학교에 들어가고 자연스럽게 학부모로서의 고민을 하게 되었을 때, 우리 사회에 기러기 아빠 열풍이 불기 시작했다. 그러나 나는 그저 그 현상을 심드렁하게 남의 일로만 바라보았다. 무슨 부귀영화를 누리겠다고 생때같은 자식을 외국에 보내 놓고 이산가족의 궁상을 떨어야 한다는 것인지, 어머니의 지극한 자식 사랑을 어려서부터 보고 자란 나는 받아들일 수가 없었다. 아무리 바깥 생활이 고단하고 지치더라도, 늦은 시간에 집에 들어 와 잠든 아이의 얼굴에 뽀뽀를 하고 하루가 다르게 커 가는 아이의 발을 어루만지는 기쁨을 포기할 수는 없다고 생각했다.

그러나 삶이라는 것은 늘 예측할 수 없기에, 인간은 그 앞에서 겸손할 수 있는 것 같다. 무슨 특별한 심경의 변화나 극적인 계기가 있었던 것도 아니었는데, 자고 일어나니 나는 기러기 아빠가 되어 있었다. 아내와 아이들이 겨울 방학 때 한 달 정도 동남아시아 여행을 다녀오더니, 날씨도 좋고 살기도 좋다며 아주 몇 년을 그 나라에서 살아도 좋겠다는 것이었다. 그 말에 내가 선뜻 오케이를 해 버린 것이 내가 기러기가 된 주된 이유였다.

너무나 쉽고 단순하게 기러기가 되고 보니, 오히려 주변에서 비극적인 이야기들을 쏟아 내기 시작했다.

"내가 알고 있는 어떤 기러기 아빠는 어느 날 너무 삼겹살이 먹고 싶어서 고깃집에 갔는데, 어쩌다 TV 바로 앞에 있는 테이블에 앉게 되었대. 마침 그때 축구 경기가 있어서 사람들이 화면을 보며 응원을 하고 있었는데, 그 사람들 시선이 마치 혼자 고기를 먹는 자신을 향하는 것처럼 느껴졌다지 뭐야. 그게 어찌나 서럽던지 삼겹살을 바라보며 눈물을 뚝뚝 흘렸다는 슬픈 전설." "기러기가 되었다고? 내가 그거 해 봐서 아는데 말이야. 처음에는 매일 전화하고 화상 채팅하고 난리를 치지만, 일 년쯤 지나면 가족 방문하러 그 나라를 가도 가족들이 마중조차 안 나와요. 다들 자기 바쁘다고 은근히 아빠가 빨리 갔으면 하는 눈치고."

가족 방문 초기에 나는 무심히 그 이야기를 아이들에게 들려주었다. 그 말을 심각하게 들은 딸은 내 손을 꼭 잡으며 말했다.

"아빠 우리는 절대로 안 그럴 거야. 아빠가 이곳에 오면 우리는 아빠하고만 있을 거고, 전화도 매일 할 거고. 혹시 고기 생각이 나면, 화상 캠을 켜 놓고 우리 앞에서 드세요. 우리는 평생 아빠와 함께 있을 거야."

그 말을 듣고 나는 대답했다.

"됐거든? 아빠는 서울에서 혼자 자유롭고 행복하게 잘 살 거니까 너희도 그렇게 살아. 고기 먹고 싶으면 친구들 불러서 먹을 거고, 너희들이 바쁘면 아빠가 왔을 때 공항에 안 나와도 돼. 아빠 만나려고 지금 대기표 끊고 기다리는 사람이 사천칠백만 명이거든?"

아빠의 반응에 아이는 "흥!" 하며 다소 섭섭한 표정을 지었다. 물론 내 말은 가족을 위로하기 위해 약간의 허풍을 섞은 것이었으나, 그 속에도 어느 부분은 분명 진심을 담고 있었다. 즉, 아빠는 아빠 삶의 주인공이지, 가족 삶의 주인공이 아니라는 것이다.

가족 삶의 주인공은 각각의 가족 구성원이 되어야 마땅하다. 아빠가 해 줄 수 있는 것은 그 주인공들이 자기 삶에서 힘들어 넘어질 때 두 손을 잡아 일으켜 주거나, 하고자 하는 것을 할 수 있도록 조력하는 역할이다. 아빠가 가족의 주인공이라는 생각을 하거나 그 주인공의 개념이 서로 뒤섞일 때, 가족 간에 생기는 것은 집착과 무모한 기대이고 그 끝은 늘 실망과 상처뿐이라는 것을, 나는 잘 안다.

특히나 내 아이들이 온전하게 아빠와 엄마의 희생을 통해서만 무언가를 얻게 된다면 그리고 그렇게 얻은 것으로 미래를 맞게 된다면, 내가 나의 어머니에게 평생 느끼는 회한과 부채 의식을 그대로 아이들이 물려받게 되는 것 아닌가. 내 어머니의 시대는 너나없이 가난했고, 한 명의 주인공을 위해 여러 명의 조연이 필요한 시대였지만, 지금 우리의 시대는 그때와 다르지 않은가.

그런 생각으로 지내 온 이 년의 기러기 생활은 나름 모범적으로 이어졌다. 저쪽은 저쪽대로 이쪽은 이쪽대로, 각자의 시간 속에서 각자가 목표한 것을 열심히 해 냈다. 특히 나는 가족이 없는 시간에 책을 몇 권 냈고, 훨씬 더 많은 칼럼을 썼으며, 이전부터 하고 싶은 공부를 하기 위해 대학원에도 입학했다.

그럴 수 있었던 가장 큰 이유는, 내가 선택한 이 시간이 가족을 위한 희생의 시간이라고 생각하지 않았기 때문이다. 만일 희생이라고 생각했다면, 나는 스스로가 그저 돈 버는 기계일 뿐이라고 자학하며, 혼자 사는 삶의 외로움을 술이나 기타 소모적인 것으로 풀었을 것이다. 나는 가족들과의 합의 하에 서로 떨어져 있는 이 생활을, 그들이 외국에서 영어를 배우고 더 넓은 세계를 바라보는 유익함으로 채우듯, 평소 하고 싶었던 것들을 할 수 있는 생산적이고 긍정적인 기회로 만들었던 것이다.

그런데 오히려 너무 잘 지내다 보니, 어느 날 갑자기 두려움이 훅하고 몰려 왔다. 가족의 부재가 안기는 결핍감이 점점 사라지면서, 그리움의 자리에 대신 익숙함이 천연덕스럽게 자리 잡아가는 것을 바라보는 일이 무서워졌다. 그러면서 시끄럽고 번잡하고 티격태격하더라도 내 소파에 아이들의 땀 냄새가 스며 있고 식탁에 식구들의 밥 먹은 흔적이 남아 있는 그곳이, 내가 있어야 할 자리라는 생각이 들었다. 그래서 떠날 때처럼, 소환도 단순하고 빠르게 했다.

"이제 그만 헤어져 있자, 다들 컴백 홈!"

누구 하나 불만이나 이견 없이 우리는 언제 떨어졌냐는 듯, 합체 가족이 되었다.

부쩍 자라서 돌아온 아이들을 보며, 나는 한 번 더 다음과 같은 생각을 공고히 하게 됐다. 가정은 여러 명의 주인공이 모여 있는 공간이며, 어찌 보면 그 주인공들이 서로를 보며 자극받고 선의의 경쟁을 펼치는 곳이라고. 삶의 긴장이 풀어질 때 나는 나의 가족을 보며, 스스로 후진 주인공이 되지 않으려 "으쌰!" 하고 기합을 넣는다. 그리고 늘 아이들에게 이렇게 잔소리한다.

"적당히 나이 들면, 각자 알아서 나가 살아라. 아빠는 열심히 여행 다니고 놀면서 살 거니까. 머리 크고 부모에게 엉겨 붙으려 하다가는 국물도 없다. 알겠느냐?"

아이들은 반항하듯 "싫어!"라고 외치지만, 자기들이 싫거나 말거나 어림 반 푼어치도 없는 일이다.

/

루프와 벤츠

/

마흔이 넘은 여자 후배가 오래도록 바라던 제빵 학원에 등록했다며 온라인 단체 대화방에 올린 메시지에, 모임 사람들이 하나같이 격려와 지지를 보낸다. 전업주부로 살면서 남편과 아이들이 늘 우선인 삶만 살다가 뒤늦게라도 자신이 하고 싶은 것을 실천하는 모습에, 모두가 내 일처럼 기뻐했다.

그러나 정작 당사자는 마음이 편치 않은 모양이었다. 고3 아이를 둔 상황에서 제빵 학원에 등록을 하다니, 자신이 무책임하고 자격 없는 엄마 같다며 죄의식까지 느낀다고 했다. 사람들은 그런 생각 하지 않아도 된다고 그녀를 달랬지만, 그녀는 자신이 저지른 '일탈'이 남의 신발 신고 서 있는 것 같은 어색한 느낌임을 감추지 못했다.

그때 모임의 가장 막내인 삼십 대 중반의 총각 후배가 자신의 어머니 이야기를 한다. 자기 어머니가 가진 가장 큰 장점은 몸이 조금만 이상해도 병원에 바로 달려가는 것이란다. 그러면서 예전에 자기 어머니가 들려주신 이야기를 전한다.

막내인 자신을 낳고 어머니는 루프 피임 시술을 했다고 한다. 당시 아버지의 사업 실패로 집이 무척 곤궁했는데도, 어머니는 의사에게 기왕이면 가장 비싼 루프로 수술을 해 달라고 요구하셨단다. 그러면서 성인이 된 아들에게 이렇게 말씀하셨단다.

"내 몸에 들어가는 건데, 가장 좋은 것을 하는 게 당연한 것 아니니?"

후배는 그때 자신의 어머니가 세상에서 가장 아름다워 보였노라고 말한다.

우리 시대에는 부모의 희생을 당연시했다. 사람들은 먹을 것 안 먹고 입을 것 안 입으며 자식을 키우는 것이 부모의 도리라고 생각했고, '아버지의 해진 속옷을 꿰매어 어머니가 입었다' 따위의 이야기는 궁상맞은 것이 아니라 아름다운 것으로 여겼다.

아마도 이는 가난했던 시절이 낳은 시대의 풍속이었을 것이다. 그러나 그 풍속의 잔재는 먹고사는 것이 해결된 지금까지 이어져, '희생하는 부모는 좋은 부모, 이기적인 부모는 철없는 부모'라는 공식이 어느새 집단적 무의식을 형성하고 보편적 의식으로 유통되고 있다. 고3 엄마가 제빵 학원에 다니는 게 마치 큰 죄라도 되는 양 전전긍긍하는 그 후배의 생각도 여기에서 크게 벗어나지 않았을 것이다.

그러나 최근 내가 만나는 이삼십 대들은 좋은 부모가 어떤 부모냐는 내 질문에 대체로 비싼 루프를 한 어머니를 자랑스러워한다는 후배의 정서와 맞닿아 있는 대답을 내 놓는다. 제 삶 하나 건사하기도 버거운 자식들은 떨어져 사는 부모에게 전화 한 통 제대로 드리지 못하는 것, 용돈 한 번 여유 있게 드리지 못하는 것에 죄송함을 느낀다. 그럼에도 자꾸 어디가 아프네, 어디가 안 좋네, 하며 힘들다는 말을 하면서도 병원 한 번 다녀오시라고 하면 모르쇠로 일관하는 부모님을 보다 보면 짠함보다는 짜증이 올라온다는 말까지 한다. 자식들 신경 안 쓰이게 봄이면 꽃놀이 가고 가을이면 단풍놀이 가고 맛있는 음식 알아서 사 드시는 그런 부모님이 참 좋은 부모님인 것 같다는 말을 덧붙이면서.

나도 비슷한 경험을 한 적이 있다. 오십이 되던 해, 나는 특별한 의식을 좋아하는 평소의 취향대로 '쉰 살 맞이 셀프 이벤트'를 하고 싶어졌다. 제주도에 사는 내 도반이 오십 된 기념으로 집 팔고 가게 팔아 장기 세계 여행을 간다는 말에 부러우면 지는 거라고 애써 담담한 척 표정 관리를 했던 나지만, 그래도 나 역시 무언가 좀 폼 나는 선물을 스스로에게 주고 싶었다. 그러던 차, 마침 십 년 넘게 타던 차를 바꿀 때가 됐다 싶어 새 차를 알아보던 중 덜컥 고급 승용차를 질러 버린 것이다.

남자들은 대개 자동차에 대해 무한한 애정과 소유욕 그리고 로망과 해박한 지식을 가지고 있다는데, 나는 차에 관한 한 그와 정반대였다. 바퀴 잘 달려 있고 잘 굴러 가면, 그것이 좋은 차였다. 조금 과장해 말하자면 '하얀 차', '빨간 차', '큰 차', '작은 차'로만 차를 구별하는 사람이 바로 나였다. 그랬으니, 간에 오십의 바람만 들어가지 않았다면, 오프로드 잘 달리고 연비 좋은 승합차를 골랐을 것이다.

그러나 이번에는 일부러라도 안 하던 짓을 하고 싶었다. 나이 드는 것이 꽃신 신고 춤 출 정도로 신나는 기분일 리 없고 과거 마흔의 우울증을 경험한 바로는 아무 짓 안 했다간 오십의 무게감에 몇 달은 짓눌려 고생할 것이 빤한 내 감수성이었으니, 피할 수 없으면 즐기라고 오히려 오십까지 사느라 애썼다고, 징글징글한 위기도 잘 넘겼다고, 내 손으로 내 머리를 쓰다듬는 경망을 떨고 싶었던 것이다.

삼각형 엠블럼이 반짝이는 새 차를 본 사람들이 차 바꿨냐고 인사를 할 때마다 나는 씨익 웃으며 '오십의 나에게 준 선물'이라고 차를 자랑질하는 재미로 칙칙한 오십의 고개를 경쾌하게 넘어가고 있으니, 이 퍼포먼스는 나름대로 성공적이라고 자평하는 중이다. 그러나 테니스 라켓 하나 바꿔도 집사람 눈치 보이고 양복 한 벌 사 들고 들어가는 것도 아이들에게 공연히 미안한 게 소심한 가장의 마음이니, 제 발 저린 도둑처럼 나는 비싼 차를 산 데 대한 가족들의 반응을 은근히 신경 쓰고 있었다.

그러다 내 생일을 맞아 가족들이 밖에서 밥을 먹는데, 아빠에게 선물로 전기면도기를 준비한 스무 살 딸이 예쁜 손편지 한 장을 함께 준다. 아이가 글을 쓰기 시작한 다섯 살 때부터 늘 받아온 편지다. 그것은 언제나 달달하고 조금은 오글거리고 슬쩍 찡하기도 한데, 이때 편지에는 이런 문장이 들어 있었다.

"아빠, 우리를 위해 애써 주고 노력하는 모습을 보면서 언제나 감사해요. 그런데 올해 아빠는 정말 멋있었어요. 아빠가 아빠를 위해 근사한 차를 사는 모습을 보고 감동 먹었어요."

딸은 아빠가 자신을 위해 무언가를 해 주고 희생하는 모습에서가 아니라, 아빠가 아빠 스스로를 위해 행복을 만드는 모습을 보며 더 기쁨을 느꼈다는 것이다. 집에는 월급도 많이 못 갖다 주고 아이들에게는 용돈도 많이 못 주면서 내가 너무 이기적인 짓을

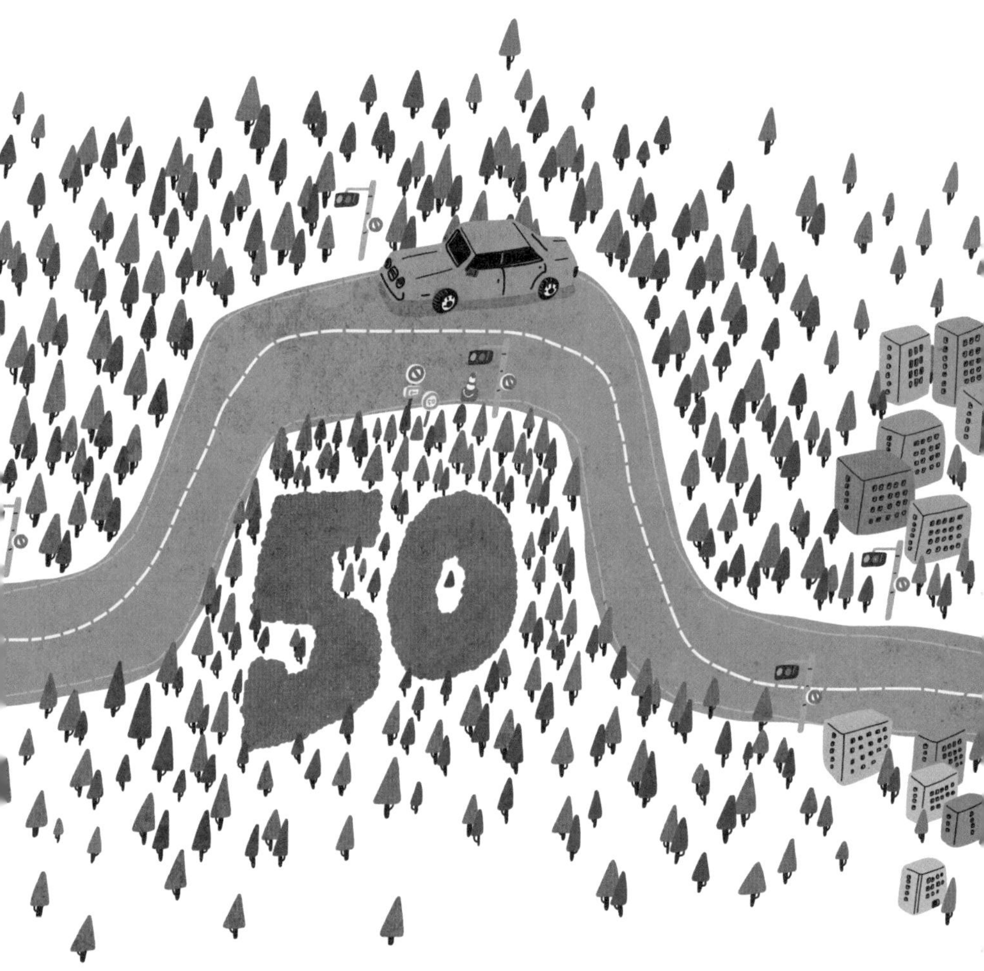
50

한 것은 아닌가, 하는 찜찜한 마음이 싹 사라지는 순간이었다.

이런저런 일을 겪고 사람들 살아가고 고민하는 모습을 보며, 이기적인 부모가 좋은 부모일 수도 있겠다는 생각을 요즘 많이 한다. 자식을 위해 희생하는 부모는 여전히 숭고하지만, 그 희생의 대가로 자신의 욕망을 자식에게 투사한 후 내 바람대로만 자식을 바라보려는 부모, 그것이 좌절됐을 때 배반감을 느끼며 몸져눕는 부모보다는 자신의 욕구를 우선시하면서 자식들 신경 안 쓰이게 알아서 잘 사는 부모가 훨씬 세련된 부모라는 생각을 하게 된다.

그러니 부모들이여, 공부할 애들 공부하고 회사갈 애들 회사 가라고 하고, 우리는 벚꽃 구경, 단풍 구경 열심히 다니자꾸나.

낙타중년,
사자중년, 아이중년

모 방송국 토크쇼에 출연해 중년남성의 갱년기를 주제로 여러 명이 서로 이야기를 나눈 적이 있었는데, 패널로 참가한 중년 연기자 한 분이 이렇게 말했다.

"자꾸 중년을 행복하게 맞이하라고 하는데, 그게 어디 되나요. 자고 나면 주름 생겨 있고 거울 볼 때마다 늙는 모습 확인해야 하는 게 진짜 싫어요."

당연히 싫다. 연예인이든 일반인이든, 세월이 주는 노화라는 선물을 버선발로 뛰어가 맞이하는 사람은 없다. 방송에는 나가지 않았지만, 또 다른 패널은 이렇게 말했다.

"남성 갱년기에는 비아그라가 특효 아니에요?"

그것도 맞다. '남자 구실 못 하면 망한 것'이라고 생각하는 남자도 부지기수다.

수년 전부터 불기 시작한 '중년 남성 기 살리기' 미풍에 이리저리 소환당하면서 가만히 눈동냥을 해 보니, 중년에 임하는 남성들의 자세는 백인백색, 천차만별이다. 앞서 등장한 분들처럼 외모와 성性적 능력에 예민한 사람도 있고, '가는 세월 누가 막으리오'라며 무덤덤한 이도 있고, 중년이고 뭐고 목구멍이 포도청이라며 그런 거 고민할 시간 있으면 한 푼이라도 더 모아 노후 준비나 하라고 충고하는 사람도 있다.

그렇지만 시인은 시인이다. '희미한 옛사랑의 그림자', '나' 등 명시를 남긴 김광규 시인은 '어떤 고백'에서 중년이 된 남자의 실존적 고민을 고백 형식으로 털어놓는다. "나는 몰지각한 남자였는지도 모른다. 여자가 되고 싶었으니 말이다"로 시작되는 이 산문시에서 시인은 여자가 되고 싶었던 이유가 단지 매일 수염을 깎기 귀찮아서도, 군대를 가야 하기 때문도 아니라고 말한다. 그 이유는 바로 "아무나 사랑해도 안 되고, 아무나 싫어해도 안 되고, 그렇다고 가만히 있을 수도 없고, 이기지 못하면 지는 수밖에 없는 남자 노릇이 싫어졌기" 때문이라는 것이다.

욕망을 거세당한 채 살아야 남자답다는 소리를 들었고 센 척, 강한 척을 해야 약육강식의 사회에서 살아남을 수 있었던 시인은 중년이 되어서야 그렇게 살아온 자기 삶이 얼마나 고단한 것이었는지를 자각한다. 이 시는 화자가 소원대로 여자가 되었지만 숱한 남자와 연애하다 방탕한 여자라며 욕을 얻어먹고, 결국 사람 아닌 개가 되었지만 보신탕집에 끌려가지 않기 위해 짖지도 못하고 숨어 사는 신세가 된다는 이야기로 마무리된다.

시인은 블랙코미디 같은 희비극의 감정으로 고뇌하는 중년의 모습을 그리고 있다. 아마 무덤 속에서 분석 심리학자 융Carl Gustav Jung이 그 시를 들었다면, 벌떡 일어나 시인을 꼭 안아 주었을 것이다. 융은 중년의 시기를 자기 개성화 또는 정체성을 찾는 때라고 해석했기 때문이다.

시인이 남자에서 여자로, 여자에서 개로 중년의 자기 정체성 변신을 시도할 때, 그보다 앞서 서양의 철학자 니체Friedrich Wilhelm Nietzsche는 그 유명한 《차라투스트라는 이렇게 말했다*Also Sprach Zarathustra*》에서 정신의 자기 변형을 강조했다. 낙타에서 사자로, 사자에서 어린아이로의 변신이다. 물론 니체는 중년을 그 대상으로 한정해 이야기한 것은 아니지만, 중년을 주인공으로 설정하고 김광규의 시와 대비해서 읽으면 해석의 맛이 더 살아난다.

"아무나 사랑해도 안 되고, 아무나 싫어해도 안 되고, 그렇다고 가만히 있을 수도 없고, 이기지 못하면 지는 수밖에 없는 남자 노릇"이 바로 낙타의 삶이다. 마치 무거운 짐을 모두 짊어지는 것이 자신의 숙명이라고 생각하는 낙타처럼 남자들도 남자 노릇을 운명으로 받아들였던 것이다.

니체는 낙타를 사자로 만들어 버리고, 사자는 사막의 주인이 된다. 낙타의 삶이 구속이라면, 사자의 삶은 자유다. 누구도 사자에게 명령하지 않으며, 세상은 사자에게 최적화된다. 위보다는 아래가 더 많은 위치, 속칭 '말빨'이 먹히는 때가 중년의 시기다. 목소리는 거침없고, 영향력도 있고, 눈치 보는 부하들도 많다. 사람에게 중년의 시기는 사자의 시기다.

그러나 니체는 진화적 인간 변형의 최종 단계를 사자가 아닌 어린아이로 설정했다. 어린아이는 어떠한가? 그들은 모든 것의 시작이며, 순진무구하고, 거룩한 긍정성을 가지고 있다. 호기심이 생기면 시도하고, 자기 욕망에 충실하며, 기쁨과 슬픔을 가장 솔직하게 표현하다. 니체는 이런 상태에서 인간은 "자신의 세계를 획득하게 된다"고 말한 것이다.

느닷없는 철학 이야기를 하느라 구안와사가 걸릴 지경이다. 각설하고 지금까지의 이야기를 정리하면 이렇다.

중년의 시기는 자기 개성을 찾는 시기이자 아버지父性로서의 개성(또는 아버지의 자기다움)을 고민하는 시기다. 그리고 이때는 정신의 비아그라를 상습 복용해야 한다.

정신의 비아그라의 주성분은 물음표다. '내가 잘 살고 있나?', '나는 누구인가?', '나는 무엇을 하고 있는가?' 등의 물음을 스스로에게 끊임없이 던져야 한다. 시인처럼, 니체가 말한 어린아이처럼 회의하고 질문해야 한다.

내 아내의 남편, 내 아이들의 아버지로서가 아니라 바로 '나'로서 내 삶의 좌표가 어디에 있는지를 확인해야 한다. '좋은 남편', '좋은 상사', '좋은 아버지' 등의 규격에 나를 꿰어 맞추면서, 성공한 인생의 척도로 그것들을 활용해 '실패한 결혼이네', '성공적이지 못한 사회생활이네', '자식 농사 잘 못 지었네'라고 한탄하며 스스로를 책망하는 어리석은 짓은 이제 접어야 한다. 대신 우리는 오직 한 가지만 물어야 하는 것이다.

당신은 지금 당신 인생에 선택권을 가지고 있습니까? 그리고 그 선택권을 장난감을 가지고 노는 아이처럼 자유롭게 활용하고 있습니까?

잘 모르겠다면, 이제부터라도 스스로에게 이 질문을 자주 던지면 된다. 육체의 비아그라는 자주 먹으면 약효가 떨어지지만, 정신의 비아그라는 아무리 많이 먹어도 부작용이 없다.

립스틱 짙게 바르고,
여보 어디 가?

배낭여행 형식 중에 '따로 또 같이'라는 것이 있다. 유럽이나 남미, 오지 여행에서 인기를 끄는 유형인데, 도시로 가는 교통편을 함께 이동하고 숙소를 같이 쓰면서 경비를 절감하고 안전성을 높이되 여행은 각자 자유롭게 하는 방식이다.

부부 여행자 중에도 종종 이런 상품을 찾는 경우가 있다. 서로 여행의 취향이 다르다 보니, 함께 가되 따로 즐기겠다는 것이다. 여기서 한 발 더 나아가 아예 목적지조차 다르게 설정하는 부부 여행자도 늘어 가고 있으니, 바야흐로 세태는 빠르게 변하고 있는 것 같다.

최근 한 여자 후배가 온라인 단체 대화방에 테니스를 배우기 시작했다는 근황을 전하면서, 그러나 불행하게도 남편이 자주 말려 애꿎은 레슨비만 날리게 생겼다고 하소연을 했다. 남편이 테니스를 못 하게 하는 이유는, 활동을 하다 바람나는 경우가 많은 스포츠 1위가 테니스이기 때문이라는 것이었다. 2위는 골프, 3위는 등산, 4위는 수영이라나 뭐라나.

대화방의 사람들은 말도 안 되는 소리라며 그 여자의 남편을 성토했으나, 나는 근 이십 년 동안 수영과 등산과 골프와 테니스와 수영을 섭렵하고도 연애는커녕 고관절 탈골과 어깨 부상만 얻은 내 박복한 팔자를 한탄하면서, 최근 떠오르는 '따로 또 같이'의 여행 패턴조차 예로 들지 못했다.

'카더라'의 억측과 '아마도'의 망상으로 이들 취미를 그려 본다면 "그대 이름은 바람, 바람, 바람"이라는 유행가가 절로 나올 법도 하다. 수영을 배우려면 코치가 학생의 맨살을 잡아 주고 터치해야 하는 일이 다반사니, 당연히 태풍 급의 바람이 불 것이다. 최근 등산은 옷 자랑, 화장 자랑 하러 가는 것이란 속설이 있는데다 심지어 남자를 꾀러 오는 여자를 산토끼, 같은 목적의 남자를 산토끼 사냥꾼이라고 부른다 하니, 산에서 부는 바람은 토네이도 급은 될 것이다. "여사님, 나이스 샷!"을 외쳐 주고 아름다운 그린을 누비며 도란도란 담소도 나누고 올바른 스윙법도 알려주다 "여보", "당신" 할 수 있을 터이니, 골프장 바람은 허리케인 급이 될 것이다. 유난히 권력관계가 심한 테니스 코트에 나풀나풀

분홍색 치마를 입고 나타난 신입회원을 에이스 아저씨들이 챙겨 주고 같이 게임도 해 주면서 맥주 한잔에 노래방까지 함께 가는 코스가 이어진다면, 테니스장에는 핵폭풍 급 바람이 불 것이다.

그러나 이렇게 따진다면 대체 남녀상열지사의 안전지대가 어디 있으랴. 암수가 모이는 곳이면 그곳이 산이든 바다든 사막이든 또는 도서관이든 구청이든 '썸씽'이 있을 수 있는 것이다. 그럼에도 내 사람은 내가 지킨다는 투철한 보호자 정신은 세태가 하수상할수록 더욱 공고해지는 것이니, 새로운 취미에 입문하려는 내 후배를 향한 그 남편의 노심초사를 그 누가 손가락질할 수 있을 텐가. 혹은 운동 끝나고 귀가하지 않는 배우자를 향해 그곳이 어디냐, 누구와 함께 있느냐고 채근하는 사람도 어찌 과민하다고만 할 수 있겠는가.

나 역시 아내가 배드민턴을 시작했을 때 화려한 상의에 짧은 스커트를 입고 화사한 화장을 한 채 랄랄라 코트에 가는 것을 보고 은근히 신경이 쓰였다. 운동 마치고 바로 집에 오지 않고 호프에서 뒤풀이를 한다고 하거나, 어느 날은 밤 열한 시가 넘어 퇴근했더니 엄마는 함께 운동하는 동네 아줌마의 전화를 받고 나갔다는 아이의 말을 듣고 화가 났던 것도 사실이다. 그럴 때는 '윤 씨 부인은 젊고 몸 좋은 코치 놈과 눈이 맞아'로 시작되는 짧은 소설 하나가 뚝딱 완성된다. 아마도 여기서 더 나아가면 나는 아내의 취미를 막고 휴대전화를 뒤질 것이며, 거기서 더 나아가면 아내의 뒤를 추적하는 의부증 증세를 보일 것이었다.

그러나 다행히도 소설 첫 문장에서 진도를 멈춘 것은 남들이 바람의 온상이라고 말하는 그 현장에 내가 이십 년 동안 있어 봤기 때문이다. 즉, 예전 한국의 강을 매우 사랑하신 어느 대통령의 말씀대로, "내가 해 봐서 아는데~"의 경험이 있기 때문이다. 테니스, 골프, 등산, 수영, 배드민턴, 사이클링 등 우리가 취미라 부르는 행위들은 사람을 중독시키는 본원의 매력을 가지고 있다. 그것은 더 잘하고 싶은 오기, 남에게 지고 싶지 않은 경쟁심, 하나씩 새로운 단계에 도전하고 싶은 의지 등을 부추긴다. 당구를 처음 배우면 천장이 당구대로 보이고, 골프를 시작하면 버스를 기다리면서도 스윙 연습을 하게 되는 것이 바로 이들 취미 활동의 마력이다. 실력이 조금씩 향상되는 것을 확인하는 재미도 짜릿하다. 단언컨대, 연애보다 더 재미있는 것이 이들 취미 활동이다.

이런 사람들이 모여 모임을 만든다. 그리고 그 모임에는 상당히 엄격한 규칙이 존재한다. 코트와 필드에서는 매너를 지킬 것, 상하관계는 확실히 할 것, 약속시간을 준수할 것, 정기모임에는 반드시 참석할 것 등을 기본으로 한다. 그렇지 않으면 모임 자체가 유지되기 어렵기 때문이다. 특히 대부분의 모임에서는 전체 질서를 해치는 행위를 엄중히 규제한다. 예를 들어, 재보다는 잿

밥에 관심 있어 작정하고 짝짓기를 하러 오는 사람이 있으면 모임에서 수수방관할 리가 없다. 혹은 자기 실력을 권력으로 신입 회원에게 수작을 거는 경우에도, 또 다른 실력자가 이를 그냥 두지 않는다. 미꾸라지를 차단하려고 다들 촉을 곤두세운다.

그럼에도 멀쩡히 운동만 하려는 내 배우자를 여우, 늑대가 나타나서 살랑살랑 꼬드길까 봐 불안하신가? 만일 그것까지 걱정한다면, 그건 도리가 없다. 가장 안전한 방법은 우리 그이를 안방에 격리하고 군만두나 해 주면서 양육하는 것이다.

조금 더 현실적인 팁을 드린다면, 굳이 취미활동을 함께할 필요는 없다 하더라도 한 번씩 배우자의 정규모임이나 회식자리에 참석해서 밥 한번 쏴 주면 된다. 그 호방하고 의연한 모습은 내 배우자에게 흑심을 품고 있을지 모를 누군가를 향한 경고의 의미이자, 회원들을 내 편으로 만드는 확실한 방법이다. 무엇보다 그 모임이 헛짓거리하는 곳인지 아닌지를 자기 눈으로 확인할 수 있는 절호의 기회다.

물론 부부가 운동을 함께 한다면 이 모든 고민은 사라질 것이다. 그러나 여행이 그러하듯, 타고나길 다른 취향으로 태어난 부부라면 굳이 꼭 무언가를 함께해야 좋은 부부라는 강박부터 내려놓아야 한다. 나는 칼로 떡을 썰 테니 당신은 칼로 검도를 하든 펜싱을 하든 맘대로 하라는 관용이 그래서 필요한 것이다. 중년의 개성화 과정에서 특히 자기 취미를 적극적으로 갖는 것은 매우 중요하기 때문이다. 나이 들면서 필요한 것은 돈과 건강과 취미라고, 중년 이상의 사람들은 한결같이 말한다.

가끔 아내는 나에게 배드민턴을 함께하자고 꼬드긴다. 그러면 나는 테니스를 좀 더 치겠다고 말한다. 아직은 테니스를 좀 더 하고 싶은 마음도 있고, 무엇보다 나중에 내가 배드민턴을 하게 될 때 아내가 고수가 되어 있다면 도움을 받을 수 있겠다는 계산도 있어서다. 그래서 나는 오늘도 립스틱 짙게 바르고 라켓을 챙기는 아내를 향해 한 마디를 던진다.

"나중에 내 코치 해야 하니까, 열심히 치셔! 한눈팔지 말고!"

국가의 오대 의무를 허하라

몇 년 전의 일이다. 한때 같은 회사에서 내 상사로 있던 사람이 이혼을 했다. 그의 이혼의 변은 나름대로 아주 쿨했다.

"십 년을 함께 살았으면, 서로 간에 예의는 다 지킨 거잖아요. 그럼 됐죠, 뭐."

그나마 그들 사이에 아이가 없는 상태라 다행이다 싶으면서도, 그때 나는 이런 생각을 했다.

'예의라고? 결혼이 무슨 장난이냐, 예의 운운하게?'

그런데 내 결혼 생활이 차츰 길어지면서 그의 말이 꽤 현실적으로 들리기 시작했다. 그것도 모자라 결혼 생활 이십 년 차가 넘어가면서 이제는 그의 말에 수긍하게 되는 지경에까지 이르게 되고 말았다. 한 사람과 십 년을 살고, 이십 년을 살고, 그 이상을 산다는 것은, 생각보다 훨씬 징글징글한 일이란 것을 알아 버렸기 때문이다.

"일부일처제는 인간의 모든 혼인제도 가운데 가장 어려운 것"이라는 인류학자 마거릿 미드Margaret Mead의 말을 굳이 인용하지 않더라도, 지구 상에 존재하는 모든 종의 단 일이 퍼센트만이 일부일처제 방식으로 종족을 보존하다는 진화생물학계의 결론을 굳이 끌어오지 않더라도, 생판 모르는 남녀가 고작해야 육 개월짜리 유통기한을 가진 사랑에 마취되어 부부의 이름으로 가족을 만들고 산다는 것이 안정적일 수는 있어도 인간 본성에 충실한 일은 아니라는 사실을, 나는 이십 년 이상의 결혼 생활 동안 생생히 확인한다. 그래서 결혼이라는 제도는 결국 짜고 치는 고스톱, 매우 천연덕스러운 사기라는 결론을, 나는 감히 내린다. 이 부분에서 내 아내는 나보다 더 격한 공감을 하리라고 나는 생각한다. 그런데 이게 우리 부부만의 과격한 결혼관일까?

다들 도긴개긴이라는 것을 대학원 수업 시간에 확인했다. 그날 수업에서는 결혼에 대한 자유 토론을 벌였는데, 수업을 듣는 학생 대부분이 사오십 대의 중년 여성들이었다. '다시 태어날 수 있다면, 지금의 배우자와 또 결혼할 것인가?'라는 물음에, 대부분은 결혼 자체를 아예 하지 않겠다고 답했다.

오랜 세월, 나름대로 성공적인 결혼 생활을 유지해 온 것처럼 보이는 학생들 각각의 사연은, 그들의 얼굴만큼이나 모두 달랐다. 누구는 남편이 자기를 너무 따라다녀서, 누구는 그 반대여서, 또 누구는 집안끼리 얽히고설키는 것이 지겨워서 결혼이 싫다고 했고, 어느새 교실은 〈아침마당〉스러운 열기로 후끈거리기 시작했다.

그런데 그 모든 말들을 잠재우고 전원 기립박수를 끌어 낸 발언자는 의외로 오십 대 초반의 독신 여성이었다. 그녀는 마치 산상에 올라 설교를 하는 예수처럼, 결혼에 지친 무리들을 바라보며 담담히 말을 꺼냈다.

"나는 결혼을 안 했기 때문에 그 낱낱의 고통을 알지는 못합니다. 그러나 오히려 그랬기 때문에 일가친척, 친구의 사돈의 팔촌까지 오만 사람이 다 나에게 몰려 와 결혼의 고충을 호소해 왔으니, 본의 아니게 나는 만 명의 남편과 살게 된 여인이요, 만 명의 시어미를 모신 며느리가 되었습니다. 그것으로 끝난 것이 아니라 직장의 남자 상사들, 남자 후배들, 동창들, 그 상사와 후배와 동창의 친구의 친구들까지 죄다 나에게 몰려 와 자기들 아내의 새끼발가락 무좀까지 일러바치며 결혼의 고통에 대해 징징거렸으니, 어느새 나는 또 만 명의 아내와 살게 된 남편, 만 명의 장모를 모시는 사위의 심정이 된 것입니다. 그렇다고 이혼을 하라고 하면 그건 또 싫고 귀찮은 일이라느니, 아이 때문에 할 수가 없다느니, 주변 시선 때문에 엄두를 못 낸다느니 합니다. 참으로 답답한 노릇입니다. 그래서 그 모든 사연을 다 들어본 후, 나는 혼자 이런 생각을 했습니다.

남녀가 만나 결혼을 하고 부부로서 이십 년을 살고 나면, 정부에서는 의무적으로 두 사람을 이혼시켜야 한다. 이때 부부는 마치 징집영장을 받은 청년처럼, 부가세 고지서를 받은 사장님처럼, 이혼 강제 명령서를 받은 즉시 먹던 밥을 물리고 두 손을 꼭 잡은 채 동사무소에 가서 국가의 오대 의무 중 하나인 이혼의 의무를 성실히 수행해야 한다. 그렇게 이혼 도장을 쾅 찍고 난 다음, 정부로부터 받은 이십 년 결혼 생활 공로패를 들고 근처 중국집에 들러 짜장면에 배갈을 먹고 마시며 지난 결혼 생활을 쌍방이 토닥토닥 위무한 후에 이제 옵션으로 받은 파란색 카드와 빨간색 카드를 서로 꺼내는 것이다.

둘 다 파란색 카드를 꺼내면 재결합, 둘 중 하나라도 빨간색 카드를 꺼내면 이혼 확정. 재산 분할, 빚 청산 등 이혼 후 처리해야 할 모든 문제에 대해서는 국선변호사들이 법적 절차에 따라 알아서 다 처리해 주며, 정부는 이십 년 장기 결혼 공로상으로 남녀에게 집 한 채를 각각 무상으로 수여한다. 제가 생각해 낸 것은 여기까지입니다."

순간 교실에서는 하늘에서 내려 온 천사가 춤을 추고 새소리가 넘쳐 났으며, 사람들은 분연히 일어나 서로의 어깨를 맞잡고 근처의 갈빗집으로 가 어린 송아지를 번제물로 잡아 저 혁명의 싱글녀에게 바쳐야 한다고 찬양했으니.

만약에 이런 일이 실제로 생긴다면, 당신은 어떤 선택을 하겠는가? 파란 카드인가, 빨간 카드인가? 다 떠나서 상상만으로도 벌써 배꼽 밑이 저릿저릿하고, 신바람이 씰룩씰룩 나지 않는가?

/

신新 계백은 칼 대신 앞치마를

/

바야흐로 쿡방, 즉 요리 방송의 전성시대다. TV만 틀면 삼시 세끼 밥을 만들고, 요리 대결이 펼쳐지며, 남의 집 냉장고가 소환된다.

얼마 전부터 나도 요리를 시작했다. 요리를 시작하고 처음 두어 달 동안 직접 만든 요리는 김치찌개부터 크림 파스타까지 스무 가지가 넘는다. 몇 번의 실패는 있었으나 대개 성공했다. 인터넷에 해당 음식만 검색하면 요리 방식이 줄줄이 나오고, 그중 한 가지를 골라 그대로 따라 하면 신기하게도 옥동자 같은 요리가 탄생했다. 나는 완성된 음식 앞에서 감격에 겨워 사진을 찍네, 요리책을 내네, 하며 흥에 겨웠다.

그러나 내가 요리를 하겠다고 뛰어든 것은 쿡방이나 백선생,

미남 셰프 때문이 아니다. 한 인터넷 신문에 실린 '이 시대의 계백을 위하여'라는 내 후배가 쓴 기사 때문이었다. 기사는 총 7회로 연재되었는데, 나는 그것을 모두 꽤 몰입해서 읽었다.

여기서 말하는 계백은 우리가 모두 알고 있는, 백제 말기 황산벌 싸움의 비극적 영웅을 가리키지 않는다. 전장에 나가기 전에 자신의 처자식을 몰살했던 계백처럼, 서초동 세 모녀 살해 사건같이 자신의 가족을 비극에 빠뜨린 가족형 범죄를 저지른 남성을 일컫는 것이다. 당연히 제 식솔을 제 멋대로 살해한 범죄자를 '위하여'가 아니라 그런 범죄자를 만들어 내는 사회 시스템에 대하여, 무엇보다도 신新 계백이라 불리는 중년의 아버지들이 얼마나 가정 내에서 심각한 강박과 스트레스, 극단적 고독에 시달리는지에 대하여 말해 보겠다는 것이 기사의 의도였다.

기사에 등장하는 다양한 사연 속 실존 인물들은 모두 한목소리로 하소연한다.

"세상에서는 돈 내는 사람이 대장인데, 왜 우리는 매달 돈을 가져다주면서도 집안의 중심을 차지하기는커녕 구석 자리에서 눈치나 보며 살아야 하느냐!"

이 기사의 댓글 창은 가히 독자들의 전쟁터가 되었다. 페미니

즘, 사회구조론, 계급론 등 다양한 논조의 의견들이 창이 되고 방패가 되었다. 그 와중에 유독 아버지들이 이 기사에 많은 공감과 지지를 보냈다. 아마도 자신만의 내밀한 생각인 줄 알았던 이야기가 공론의 장에 등장한 것에 대한 놀라움 그리고 중년 남성의 고독이 자신만의 것이 아니라는 사실을 확인한 데 대한 반가움 때문이었을 것이다.

나는 그 기사와 기사보다 더 후끈한 수백 개의 댓글을 읽으며, 그 기사가 다소 도발적이긴 하지만 이 시대에 꼭 다루어야 할 담론을 용기 있게 제기했다고 생각했다. 이제 우리가 조금은 심각하게 아버지들의 이야기를 할 때라는 것을, 방황하는 남자들이 앞집, 뒷집, 옆집 할 것 없이 꽤 많다는 것을, 우리는 인정해야 한다. 나 자신을 포함해 내 주변 남자들 그리고 중년 남성을 주제로 한 강연을 갈 때면 만나게 되는 사십 대 이상 남자들의 우울은 생각보다 위중하고 보편적이다. '여성들이 남편의 말에 좀 더 귀 기울이고 그들의 기를 살려 주어야 한다'는 식의 이야기를 이 문제의 해법으로 내밀고 싶은 마음은 없다. 그보다 내가 스스로 실천하는 해법은 '아버지가 변해야 한다'는 것이다.

첫 번째는 포기하는 것이다. 가족을 위한 나의 희생을 나중에 보상받을 수 있을 것이라는 기대는 빨리 접는 것이 좋다. 처자식에 대한 투자가 곧 노후를 위한 보험이던 시대는 이미 오래전에

끝났다. 우리 부모 세대가 '낳고 기른 공덕'을 노후 보장과 맞바꿀 수 있는 불가침의 신성한 권리를 주장할 수 있던 당당한 세대였다면, 자식 세대인 우리는 그렇지 못하다. 내 선택에 의해 만들어진 생명이고 가정이므로, 아무런 대가를 바라지 않고 그들을 위해 최선을 다하겠다고 마음을 정리하는 것이 가장 현명한 방법이다. 대가를 바라지 않을 때, 기대가 사라지고 마음이 편안해지는 법이다.

밖에서 일하고 온 사람은 집에서 쉬어야 한다는 생각도 빨리 수정하는 것이 좋다. 그런 생각을 바꾸지 않는 이상 실망만 커지고 나이가 들면서 분노만 늘어날 것이다. 아내는 아내대로, 아이들은 아이들대로, 각자의 삶 속에서 힘들고 지친다. 그들은 임금 행세를 하는 가장을 반기지 않는다.

두 번째는 경제적 자립과 생존적 자립이다. 먼저 경제적 자립을 위해서는 백세 시대에 맞게 노후 대책을 적극적으로 준비해야 한다. '내가 열심히 벌어 돈만 집에 잘 가져다주면, 식구들이 알아서 하겠지'라는 식의 안일한 마음은 빨리 접는 것이 좋다. 아이들이 성인이 되고 나면, 자식을 위한 지출보다 내 노후를 위한 지출을 더 큰 비중으로 두어야 한다. 나중에 아버지가 노인이 되었을 때, 자식들은 과연 자기들에게 헌신했지만 경제적으로 무력하고 의존적인 아버지를 좋아할까? 아니면 비록 덜 헌신적이었지만,

자기들이 어려울 때 여전히 한 푼이라도 챙겨주거나 최소한 아쉬운 소리 하지 않는 독립적인 아버지를 좋아할까? 자식이 효자든 불효자든 상관없이, 그 답은 너무나 명확한 것 아닌가?

생존적 자립은 혼자 밥을 해 먹을 수 있는 능력을 키우는 것에서 시작한다. 부인이 곰탕을 한 달 치 끓여 놓고 여행을 가든 말든, 혼자 밥을 해 먹고 국을 끓여 먹을 수 있어야 한다. 그런 생존 능력이 무엇보다 필요하다. 그것은 수십 년 동안 아내에게 위임한 부엌살림의 주권을 되찾는 일이기도 하다. 그러니까 나는 이 생존적 자립을 위해 한 살이라도 젊고 건강할 때 열심히 요리를 해 보고 있는 것이다. 차려주는 밥상을 기다릴 것이 아니라 차라리 내가 차려주려고.

과거의 패러다임과 부모 세대의 시선으로 처자식을 바라보면, 실망과 서운함과 억울함만 쌓인다. 의존성의 탈피와 생존적 독립 능력. 우선 이 두 개만 신경 써 보시라. 부인이 뭘 하든, 자식들이 어떻게 크든, 일단 당신의 파랑새를 돌보는 것에만 온통 집중하라는 얘기다. 신계백은 칼 대신 앞치마를 둘러야 더 늙어 행복해진다.

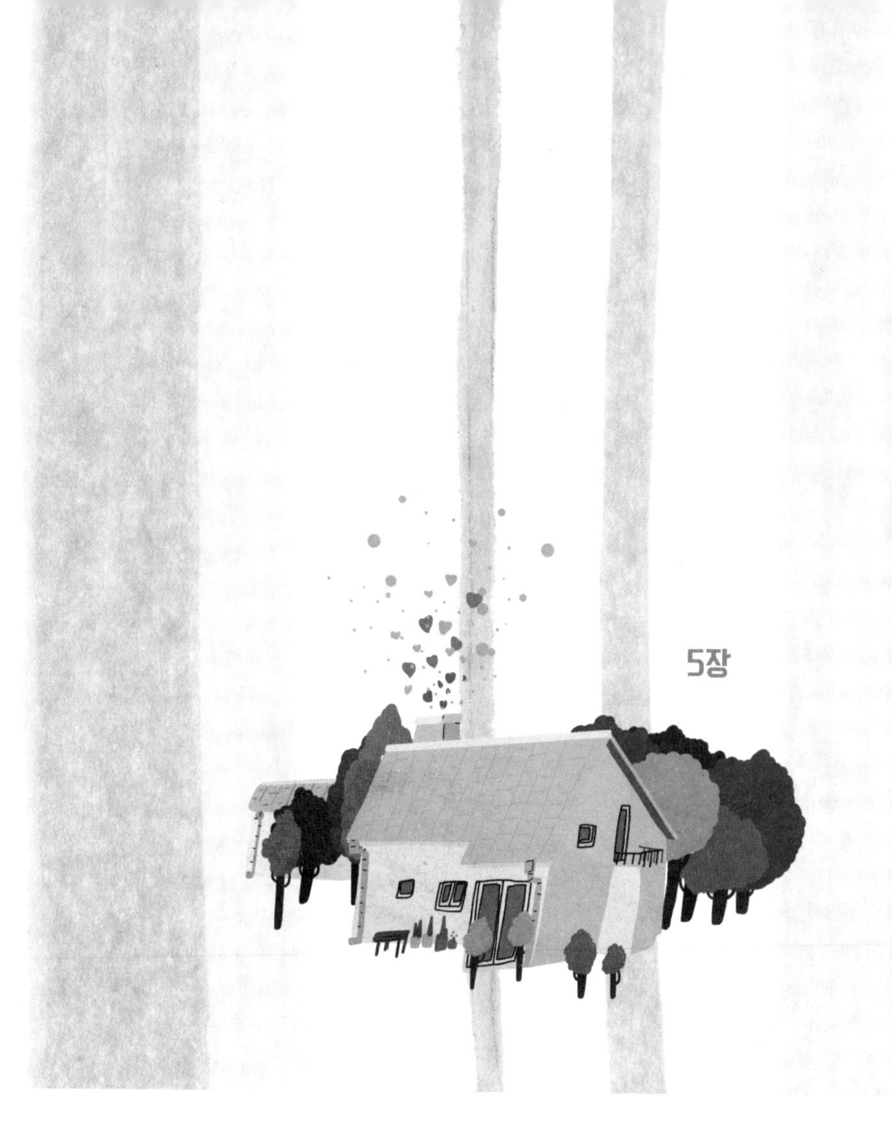

5장

그렇게, 아버지가 된다

고3 아빠 분투기

딸이 대입 시험을 보던 해 가을, 아내는 백 일 기도를 시작했다. 내 출근보다 앞서 집을 나설 때, 성당을 향하는 아내의 뒷모습에서는 '고3 엄마' 다운 진지함이 뚝뚝 묻어났다. 얼마 전까지만 해도 온갖 짜증을 내며 현관문을 쾅 닫고 나가 버리는 딸아이를 향해 볼멘소리로 이렇게 말했던 아내였다.

"빨리 올해가 가면 좋겠어. 고3 뒷바라지를 하다가 내가 화병 나겠어. 자기 방 청소까지는 바라지도 않아. 툭하면 삐치고, 툭하면 화내고, 내가 자기 종이야, 뭐야?"

'송 맞지…….'

나는 새어 나오는 말을 삼키며 히히, 웃었다. 부부는 그해 연초에 이런 말을 했다.

"금년은 수험생을 중심으로 살아 봅시다. 입시의 중압감이 엄청날 테니, 우리는 그저 지지하고 격려하고 받아 줍시다."

이렇게 스스로 종이 되기를 자처하기로 했으나, 실상 종살이는 그리 쉽지 않았다. 신앙심 깊은 아내가 피정을 포기한다든지, 가족 모두 휴일에 집에서 TV도 크게 못 튼다든지 하는 정도는 얼마든지 감수할 수 있었다. 아내의 불평처럼 입시가 가까워 올수록 점점 더 증폭되는 아이의 히스테리도 동굴 속에서 마늘 먹는 호랑이의 심경으로 견뎌 낼 수 있었다. 그러나 실제 수험생의 종살이가 힘들었던 것은, 묘하게 마음속에서 올라오는 자괴감과 자책감 때문이었다.

지나치게 어려운 입시 전형이 원흉이었다. 학력고사 한 번 보고 시험 점수보다 더 중요한 눈치작전으로 대학에 들어갔던 부모 세대에게, 딸아이의 입시 전형은 봐도 모르겠고 들어도 이해되지 않는 수학 문제보다 어려웠다. 도대체 표준 점수는 뭐고, 백분위는 뭐며, 수시와 정시, 중복 지원과 가나다군은 무슨 소리란 말인가?

그해 초만 해도 나는 인터넷을 기웃거리고 학원 사이트도 검색

하면서 수험생 아버지로서의 자세와 정보력을 갖추고자 노력했다. 그러나 학교마다 다른 전형 방법 앞에서 기가 죽어 버린 후, 마침 유난히 바빠진 회사를 핑곗거리 삼아, 내가 할 일은 입시 공부가 아니라 학문에 지친 딸에게 소고기를 사 주는 것이라고 재빠르게 결정을 내려 버렸다.

맹자의 모친처럼 세 번까지는 아니어도 한 번은 과감하게 딸의 학교 옆으로 이사를 단행했을 만큼 아이 교육에 적극적이던 아내 역시, 어려운 입시 전형 앞에서 엄청난 스트레스를 받았다. 아내는 이른바 엄마의 극성이 아이의 점수를 결정한다는 '엄마 점수'라는 말도 들었을 것이고, 입시는 엄마와 아이가 함께 달리는 레이스란 소리도 들었을 것이다. 그러나 선생님과 면담하고 아이 봉사활동 장소를 수배하고 점수가 떨어지는 과목의 학원을 알아보는 등의 일은 어찌어찌 해냈지만, 입시 설명회를 다녀온 후 거기서 들었던 그 내용을 또 홀랑 잊어버리는 건망증 앞에서, 아내는 입시 매니저로서의 자신에 대해 수시로 좌절할 수밖에 없었다.

그러니까 종살이의 어려움이란, 자신이 대치동 부모만큼 영민하거나 마당발이 아니라는 자각에서 오는 열등감과 미안함의 산물이었다. '우리가 못 해서 아이가 원하는 대학에 가지 못하면 어쩌나?' 라는 불안감도 빼 놓을 수 없었다.

그나마 다행이라면 다행일까. 딸은 청소하려고 빗자루를 들었다가도 누가 등 떠밀면 빗자루를 내려놓는 성향인 까닭에, 오히려 부모가 적극적으로 자녀의 학습에 개입하는 것보다 방임하는 것을 선호한다고 자기 입으로 말했다. 그러나 목표를 달성한 자신의 성적표를 의기양양하게 내밀었을 때, 우리가 한눈에 딱 그 수치의 의미를 이해하지 못하고 늙은 할아버지처럼 까막눈을 끔뻑대며 답답한 질문을 하거나 엉뚱한 아는 체를 할 때는, 딸도 "휴" 하고 한숨을 쉬며 흔들리는 눈빛을 감추지 못했다. 그리고 그때 나는 알아 버렸다. 내 딸은 방임을 좋아하는 것이 아니라, 둔한 부모를 배려하고 있다는 것을.

단 한 번의 실수로 여태까지의 공부가 다 무너질 수 있다는 불안감 그리고 하루에도 열두 번씩 고개를 쳐드는 재수 없는 경우의 수에 대한 상상만으로도 수험생 딸은 녹초가 되었을 것이다. 그런 딸에게 먹고살기 바쁘고 머리 나쁜 '보통 부모'가 줄 수 있는 현실적인 도움은 많지 않았다. 그저 살금살금 미안해하고 홍삼이나 다려주며 한 번씩 고기나 사 주고 기도나 열심히 하는 것뿐, 그 외에는 달리 해 줄 것이 없었다.

그나마 부모로서의 부족함을 조금은 뻔뻔하고 당당하게 '배 째라 정신'으로 밀고 나갈 수 있었던 것은 고3이 시작되는 딸에게 한 연초의 약속을 나름대로 잘 실천하고 있었기 때문이다. 나는 딸이 고3이면, 아빠도 고3이라고 말했다. 그리하여 일터에서 아빠도 고3처럼 일하겠다고 약속했다. 그리고 그 약속을 실천하려고 꽤 노력했다. 가끔씩 삶에 게으름이 찾아올 때면 밤낮으로 책상을 지키는 딸을 생각하며 다시 신발 끈을 조였다.

그것은 아내도 마찬가지였다. 아내는 여느 해보다 더 열심히 엄마 역할을 하며 가정을 위해 노력했다. 그래서인지 하루도 빠짐없이 새벽 기도를 가는 모습은 경건해 보이기까지 했다. 이렇게 각자의 자리에서 고3의 자세로 한 해를 보내는 것이 수험생을 둔 우리 가족이 할 수 있는 최선의 일이었다. 최소한 그 정도의 최선을 다했기에, 가끔씩 부족한 부모로서 자괴감이 오면 오는 대로 자괴감을 맞이할 수 있었고, "엄마, 아빠가 무지한 고3 부모라서 딸아 미안하다아아아"라는 멘트와 함께 정치인 패러디를 능청스럽게 할 수 있었으며, 그 상황에 대해 부녀는 낄낄거릴 수 있었던 것이다. 다시 딸이 고3이 된다 해도, 내가 해 줄 수 있는 건 오직 아빠의 자리에서 아빠에게 주어진 삶에 최선을 다하는 것, 그것뿐이다.

꽤 오래 전, 민해경이라는 가수가 이런 제목의 노래를 불렀지. '내 인생은 나의 것.' 그래, 아빠의 인생은 아빠의 것, 딸의 인생은 딸의 것.

/

가만히 있지 않을 것

/

이 세상이 마음먹은 대로 될 리가 없다. 딸은 내신 관리를 잘하기도 했고 교장 선생님 추천까지 받은 덕에 수시에서 무난히 원하는 학교를 들어갈 수 있을 것 같았다. 그러나 현실은 달랐다. 그건 그저 우리 가족의 희망사항에 불과했다. 수능을 치르지 않고 쉽게 대학에 가려는 시도가 좌절됐으니, 남은 건 수능 시험을 잘 치르는 것뿐이었다.

수십 년 동안 예비고사, 학력고사, 수능 등의 풍경을 TV 뉴스를 통해 지켜보면서, 나는 굳이 날 춥다는데 학교 교문 앞에 붙어서 온종일 기도하는 부모들을 따라 하지 않겠다고 굳게 다짐했다. 그런데 내 아이가 수능 시험을 보러 가는 날, 그렇게라도 해서 아이가 덜 불안해하고 노력한 것을 편하게 쏟아 낼 수 있다고 하면 러닝셔츠 차림으로라도 교문 앞에 서 있을 수 있겠다는 생각이 들었다.

물론 그 정도까지는 하지 않았지만, 시험 전날 밤 수능 미사를 함께 보고 다음날 새벽에 아이를 시험장에 데려다주면서 교실로 향하는 딸의 뒷모습을 보고 있자니, 여러 갈래의 바람이 마음속에서 불어댔다. 아빠에게 안겨 꽃을 보고 옹알대던 아기 때의 모습, 유치원 재롱잔치 때의 감동, 초등학교 입학날 반 배정표를 함께 확인하던 설렘. 저 아이가 이제는 저만큼 커서, 이토록 긴장된 자기만의 공간으로 걸어간다는 것이 문득 측은하고 뭉클하고 대견했다.

회사에 와서는 종일 일이 손에 잡히지 않았다. 간이 콩알만 한 아이가 혹시 너무 겁을 집어먹고 실수라도 하면 어쩌나, 답을 하나씩 밀려 쓴다거나 앞의 시험을 망쳐 뒤의 시험까지 영향을 받으면 또 어쩌나, 휴대전화를 모르고 가지고 들어갔다가 부정행위로 쫓겨났으면 또 어쩌나 하는 불길한 망상들이 꼬리에 꼬리를 물고 이어졌다.

그런 내 모습이 안쓰러웠는지, 마침 사무실에 찾아온 후배가 재미있는 이야기를 해 줬다. 자기 사촌 동생도 작년에 수능을 봤는데, 그 아이의 아빠도 안쓰러운 마음에 시험장에 들어가는 아이에게 한마디를 건넸다고 한다.

"아빠가 뭘 해 줄까?"

그러자 아이가 말했단다.

"어차피 아빠가 시험을 대신 쳐줄 수도 없잖아요. 그냥 오늘 하루, 제가 가장 자신 없는 과목의 문제를 푸는 시간에 저를 많이 생각해 주세요."

아빠는 그러마, 하고 대답한 후 출근길에 올랐다. 그런데 가만 생각해 보니, 자기 아이가 내신도 좋지 않고, 뭐 하나 자신있게 잘하는 과목이 없더라는 것이다. 즉 모든 과목이 다 형편없다는 현실을 문득 깨닫고 나서, 일 못하고 온종일 아들놈만 생각해야 하는 자기 팔자를 한탄했다는 말이었다.

그 말을 듣고 하하 웃으며 나는 겨우 긴장을 풀 수 있었다. 어느덧 수능이 끝나는 시간이 되었다. 마음 같아서는 먼저 딸에게 전화를 해서 고생했다고, 시험 잘 봤냐고 묻고 싶은데, 행여 부담이 갈까 봐 그러지도 못했다. 데리러 간 아이엄마도 전화를 안 받고 있으니 더 답답했다. 한 시간 동안 사무실에서 혼자 그러고 있자니 나중에는 서운함과 괘씸함의 감정마저 올라왔다.

'잘 봤든 못 봤든, 퇴실을 하면 제일 먼저 아빠에게 전화를 해야 할 거 아냐…….'

그렇게 혼자 동동거리고 있는데 전화가 왔고, 내 모든 서운한 감정은 순식간에 사라져 버렸다. 이윽고 나는 떨리는 마음으로 전화를 받았다. 이제 막 교실에서 나왔다고 말하는 아이 목소리는 너무 지쳐 있었다. 아이는 국어 시험을 망쳤다고 했다. 모의고사보다 너무 시험을 못 본 것 같다고 울먹였다.

내 실망감을 티끌만큼도 보이지 않은 채 아이를 위로해야만 한다는 생각에, 내 목소리도 떨렸다. 나는 애써 딸에게 고생했다는 말을 전한 후, 서둘러 집으로 갔다. 그날 밤 딸과 집에서 치킨에 맥주를 먹었다. 딸이 오래전부터 그려온 수능 본 날 밤의 풍경이었다. 그러나 그 시간은 기대만큼 가볍거나 훈훈하지 못했다. 딸은 이런 말을 했다.

"1교시 국어 시험이 끝나고 친구들이 막 울었어. 간호사가 되고 싶은 아이도 있을 것이고 모델이 되고 싶은 아이도 있을 텐데, 왜 우리가 모두 이렇게 같은 교실에서, 같은 시험을 보며 울어야만 해?"

그 말을 듣고 내가 속으로 할 수 있었던 말은, 그저 '미안해' 한 마디뿐이었다. 어디 그뿐이랴. 열심히 일 년을 준비한 내 딸의 무너지는 가슴이 너무 안쓰러워 그날 밤 나는 잠도 제대로 이루지 못했다.

수시를 계획한 아이가 수시에 실패하고, 그나마 수능에서마저 성적이 예상대로 나오지 않았을 때 남은 것은 막막함뿐이었다. 갑자기 모든 것이 엇나간 상황에서, 딸과 아내는 패닉에 빠져버렸다. 우리 모두 너무 쉽게 입시를 생각했던 터라 갑자기 몰아닥친 이 복잡한 현실에 어떻게 대처해야 할지 우왕좌왕하고 있었다. 여태까지는 그저 뒷짐을 지고 있는 것이 딸을 도와주는 것이라 생각했다. 하지만 입시의 전방에서 칼과 활을 휘두르던 전사들이 낙오됐으니, 이제 후방 병력이라도 나설 수밖에 없었다.

나는 작정하고 바빠지기 시작했다. 입시 설명회 날짜와 장소를 정리하고, 기사가 되어 두 모녀를 이곳저곳으로 안내했으며, 설명회 자료를 분석하고, 낙담한 딸에게 '인생은 새옹지마요, 아직 끝난 것이 아니다'라는 격려도 부지런히 해 댔다.

특히 입시 전략을 직접 짜기 시작했다. 입시 설명회에서 받아온 한 보따리의 자료를 모두가 퇴근한 사무실 책상 위에 펼쳐 놓고 엑셀을 열어 나만의 방식으로 데이터를 정리했다. 수십 년 직장생활 짬밥에 문서 작업은 그리 어려운 일이 아니었다. 각 학교

별 커트라인을 정리하고 내 딸의 점수를 기준으로 도전할 만한 곳, 소신 지원할 만한 곳, 안전한 곳 등을 한눈에 볼 수 있게 정리했다. 그리고 최종적으로 지망 대학 후보군을 끌어냈다. 이어서 각 입시 학원에서 유료로 제공하는 모의 지원 시스템으로 최종 대학 후보군을 한 번 더 검증했다.

게으른 내가 갑자기 그리 된 것은 내 딸을 좋은 대학에 보내야겠다는 마음이 생겼기 때문만은 아니었다. 그랬다면 굳이 내가 그 극성을 떨지 않았어도 됐을 것이다. 학교 선생님이나 학원 선생님 들이 당연히 더 정확한 조언을 해 줄 것이고, 사실 몇십만 원만 투자하면 전문 컨설턴트가 나보다 더 잘 이런 일들을 해 줬을 것이니 말이다.

주변 사람들 또는 아내에게 내가 고3 자녀를 둔 아버지로서 가장 많이 들었던 이야기는 "아버지는 가만히 있는 것이 도와주는 것"이라는 것이었다. 잘했다는 격려도, 잘하라는 응원도 아버지가 하면 모두 부담이 된다며, 아버지는 그저 용돈만 많이 주고 입은 닫고 있으라는 말을 참 많이도 들었다. 그러라니 그럴 수밖에 없었지만, 그것은 꽤나 억울한 그림자 놀이였다. 비록 아버지가 바깥 생활을 많이 하는 관계로 아이를 자주 보지 못하고, 그런 탓에 아이의 기분과 심리를 정확히 파악하지 못하는 것도 사실이었지만, 그저 가만히만 있으라는 주문은 내심 서운하기만 했다.

가족이란, 한쪽이 힘이 빠지면
다른 쪽이 더 힘을 내주면서
가력家力의 평균점을 맞춰 주는 공동체라는 사실.

어쨌건 아빠는 투명인간이 아니라 늘 아이 옆에 있는 존재라는 것을 증명이라도 하듯이, 나는 결전에서 참패를 당하고 쓰러져 있는 모녀 앞에서 방방거리며 그 서운함에 대한 '분풀이'를 하고 있었던 것이다.

이런 모습을 보고 가장 놀란 사람은 딸이었다. 일 년 동안 자신의 입시 준비를 바라보기만 했을 뿐 그 어떤 지침도 주지 않던 아빠의 분주한 행동과 아빠 방식의 정리 데이터에, 딸은 "아빠, 회사 그만하고 입시 컨설턴트를 하세요"라고 농을 던졌다. 그 말에 더 신이 난 나는 말처럼 히힝거리며 진짜 입시 전문가라도 된 양 눈을 반짝였고, 아빠의 기운에 감염된 딸도 움츠린 어깨를 털고 꺾인 무릎을 펴기 시작했다.

그 과정에서 얻은 가장 큰 전리품은 동지애다. 엄마를 포함해 세 사람이 동시에 같은 목표를 바라보며, 전략을 의논하고 생각을 공유하고 힘을 주고받는 그 특별한 경험 속에서, 꽤 오랜만에 부녀父女는 일체감을 느꼈던 것이다. 아빠와 딸은 모두 정서적으로 배불렀고, 결과와 상관없이 매우 멋지게 입시를 마무리 지었다는 생각을 공유할 수 있었다. 가족이란, 한쪽이 힘이 빠지면 다른 쪽이 더 힘을 내주면서 가력家力의 평균점을 맞춰 주는 공동체라는 사실에도 함께 공감했다. 덕분에 지원 대학의 결과를 기다리는 시간은 그다지 초조하지 않았다. 어느 쪽이든 진인사대천

명, 그 결과는 하늘이 내려 주는 것일 테니까.

지금 딸은 우리가 공동 작당을 해서 합격한 학교를 잘 다니고 있다. 그러니까 말인즉슨, 아버지들에게 굿이나 보고 떡이나 먹으라든가, 모르면 가만히 있으라든가, 밖에서 돈이나 벌어다 주면 된다든가 하는 말일랑 그만하라는 것이다. 아버지들은 집안의 그림자가 아니니 말이다.

망치론과 사진

'해야 할 일'과 '하고 싶은 일', 이 두 가지 중에서 사진 찍기는 내게 전자에 속한다. 명색이 여행 작가라고 불리던 사람인데 사진만큼은 그럴듯하게 찍어 줘야 하지 않겠냐는 나 나름의 의무감은, 언제나 내게 숙제와도 같은 것이었다.

그러던 차에 우연한 기회로 한 유명한 사진가의 소그룹 사진 레슨에 참석하게 되었다. 일주일에 한 번 수업에 한 달 수업료도 만만치 않았지만, 그 분야에서 셀러브리티 대우를 받고 있는 선생의 명성 그리고 소수정예만을 고집하는 선생의 운영 방침에 나는 묘한 매력을 느꼈다.

첫 수업은 대학로의 어느 카페에서 있었다. 카페의 구석방에는 이십 대부터 오십 대까지, 연령층도 다양한 열 명 남짓의 사람들이 약간은 경직된 표정으로 앉아 있었다. 밖에서 식사를 마치고 돌아온 선생은 억센 경상도 사투리로 "지각자는 내 수업을 들을 수 없습니다"라고 말하며 쿵 소리 나게 앞문과 뒷문을 모두 닫아 버렸다.

선생과 가장 가까운 거리에 앉아 있던 나는 그때까지만 해도 호기심을 반짝거리며 '카리스마 있는 분이군'이라 생각했다. 강압적인 분위기와 무엇이든 한 사람이 일방적으로 주도하는 상황에 대해 천성적으로 혐오에 가까운 정신적·신체적 반응을 보이는 나지만, 그 정도의 초반 기이한 분위기 연출은 일견 신선하게 느껴지기도 했다. 쉰 살이 족히 넘은 수강생을 향해 선생이 "팔짱 끼고 듣지 마세요, 내가 기 죽습니다"라는 말과 함께 두 번째 기선 제압을 할 때까지만 해도 말이다.

결정적으로 나의 심사가 오뉴월 땡볕을 쬔 '비암'의 몸뚱이처럼 비비 꼬이기 시작한 것은, 자신의 사진 철학을 열변하던 선생이 갑자기 샛길로 빠지면서 다음과 같은 요지의 말을 마무리한 시점에서였다.

초등학교에 다니는 내 아이가 반에서 친구에게 맞고 왔다. 아이에게 조용히 이야기했다. '내일 학교에 갈 때는 망치를 가지고 가라. 가서 아이의 뒤통수를 내리쳐라. 그다음은 아빠가 책임진

다. 그 아이의 아빠가 와서 너를 야단친다면, 내가 그 아빠를 때려주겠다.'

사진 수업과 저 이야기가 도대체 무슨 연관을 가지고 있는지는 알 수 없으나, 아이를 키우는 모든 부모들이 한 번은 맞닥뜨렸을 '맞고 온 자식에 대한 처리'에 있어 생전 처음 들어 본 이른바 '망치론'은, 역시 자식을 키우는 한 아비의 후두부를 제대로 내리치는 것이었다.

그다음부터 선생이 무슨 말을 했는지 잘 기억나지 않는다. 나는 선생이 말한 망치론의 진의를 파악하려고 애썼고, '이것은 진의고 자시고도 없는, 저 양반의 인생철학일 뿐'이라는 결론을 내버리고는, '내가 저런 인생철학을 가진 사람에게 무슨 영광의 사진을 배우겠다고 지금 이 자리에 앉아 있나' 하는 생각만을 하게 됐기 때문이다.

다만 그 혼란의 와중에 또 명확하게 기억나는 말이 있긴 하다. 선생은 매춘이란 당사자들에게는 빵이 해결되는 수단이다, 그러므로 구매자들은 거기에 대해 죄의식을 가질 필요가 없다, 라며 망치론에 이은 매춘론을 사자후 했다. 그로 인해 내 속이 완전히 뒤집어진 것은 물론이다.

그 즈음에 이르러 내 얼굴은 완전히 굳어 버렸고, 코에서는 쉭 쉭 바람 소리가 났다. 사진 공부는커녕 그저 이 밀폐된 소굴을 어서 빠져 나가야 한다는 생각밖에 들지 않았다.

그런데 더 나를 미쳐 버리게 만든 것은 주변의 어느 누구도 나처럼 격앙된 반응을 보이지 않았다는 사실이다. 사람들은 그저 얌전히 앉아 있었다. 남들 다 가만히 있는데 나만 힘들어하는 상황은 사람을 더 지치게 한다. 내 기질이 이상한 건가, 내가 참을성이 없는 건가, 내 성격이 되게 못된 건가, 하는 상대적 자책감마저 차오르니, 시간이 갈수록 심신은 완전히 그로기 상태가 되고 말았다.

그놈의 교양이라는 것이 뭔지, 나는 자리를 박차고 나오지는 못했다. 결국 예정된 두 시간 동안 나는 그 자리에서 나 자신과 사투를 벌인 후 다음부터는 여기 나오지 않겠다는 통보 한 마디로 그 지옥 같은 사진 수업을 마칠 수 있었다.

그런 마음으로 혼자서 대학로를 걷는데, 그이에 대한 분노와 근거 모를 슬픔과 초조함이 내 마음의 반을 채웠다. 나머지 반은 내가 사진을 확실히 배워 버리겠다, 그래서 저런 사람이 사진 예술을 모독하는 일을 아예 종식시키겠다, 하는 활활 타오르는 전의였다. 그런 마음을 안고서 그냥 집에 들어갔다가는 내 가슴속 화산이 식지 않을 것 같았다. 나는 친구 하나를 불러 내 새벽까지 씩씩대며 소주를 들이부었다.

취기가 오르면서 내 슬픔과 초조함이 어디에서 왔는지도 선명해지기 시작했다. 어쩌면 저 사람이 유능한 아빠일 수도 있겠다는 생각, 그러지 못하는 나는 무능한 아빠일 수도 있겠다는 불안감. 어처구니없지만 그것이 내 슬픔과 초조함의 정체였다. 나는 맞고 온 아들에게 망치를 쥐여줄 수 있을까? 전혀 그렇지 않을 것이다. 훨씬 더 이성적이고 단순한 '아이 싸움'으로 그 사태를 처리할 것이다. 그런데 과연 이것이 잘 하는 것일까? 저 아버지는 이토록 당당한데?

그 복잡한 생각을 뒤로하고, 나는 사진 찍는 일을 직업으로 가진 후배에게 전화를 걸어 비장하기까지 한 목소리로 말했다.

"나 너한테 사진 배우고 싶어졌어. 육 개월 할 거니까 바로 레슨 스케줄 잡아 줘."

전화기 저쪽에서 "어? 어?"라는 소리가 들렸지만, 당시 내 마음은 황당해하는 상대방의 반응까지 이해해 줄 여유가 손톱만큼도 없던 상태였다. 어쨌든 그날 이후, 나는 그 후배에게 육 개월 동안 사진 개인 레슨을 받았고, 그 레슨을 받으면서 사진은 렌즈를 통해 바라본 세상을 찍는 것이 아니라 제대로 된 세계관을 통해 바라본 세상을 찍는 것이라는 믿음을 더 굳게 가지게 되었다.

요즘에는 주로 휴대전화로 사진을 찍게 되면서 특별한 경우가 아니면 DSR 카메라를 손에 잡지 않게 됐다. 그러나 가끔 한 번씩 묵직한 카메라를 꺼내게 될 때마다 나는 그 선생의 망치론과 그 새벽에 느꼈던 슬픔을 떠올리곤 한다.

맞고 오는 아들에 대한 대응은 아버지마다 제각각일 테고, 그것에 정해진 답이란 없을 것이다. 하지만 남의 자식 머리를 깨 버리면서 자신의 부성을 확인하겠다는 그 불타는 사랑만큼은 오답이 분명하다고 생각한다.

그것이 오답이라 확신하면서도 타인의 당당한 부성애 앞에서 항상 주춤거리고 회의하는 것이 또한 나의 부성이다. 모성이라는 선천적 본능보다 부성이라는 후천적 애정은 아버지를 이렇게 흔들어 놓는다. 그 흔들림이 한 번, 두 번 되풀이되면서, 아이는 또 한 커 나가고 아버지의 부성은 자기만의 방식으로 공고해진다. 그리고 아이가 더 커지고 아빠가 아버지가 되는 즈음에, 그 단단해진 부성을 또 한 번 깨야 하는 시간이 기다리고 있을 것이다. 어쩌면 망치는 그럴 때 유용할지도 모른다.

자책 말고 뚝심

2011년 국내에 개봉한 영화 〈케빈에 대하여*We need to talk about Kevin*〉는 우리 할머니들이 주로 쓰셨던 '자식이 아니라 웬수'라는 말도 무색할 정도의 악마 같은 자식을 낳은 엄마의 고충과 그 자식의 파란만장한 못된 짓을 주로 그리고 있다. 자유로운 삶을 즐기던 여행가 에바에게 아들 케빈이 생기면서 에바의 삶은 완전히 바뀌게 된다. 아들 케빈이 엄마에게 마음을 주지 않고, 이유를 알 수 없는 반항을 계속 보이는 것이다. 엄마는 아들에게 더 다가가려 하지만 케빈은 더 끔찍하고 교묘한 방법으로 에바에게 고통을 준다. 그리고 청소년이 된 후 케빈은 에바를 완전히 지옥에 빠트릴 만한 끔찍한 사건을 저지른다.

그 때문인지 이 영화를 보고 나서 처녀, 총각 들은 '절대 아이

낳지 말아야지'라는 마음을 굳게 먹게 되고, 아이를 키우고 있는 사람들은 '이 영화를 보니 말썽 피우는 우리 아이는 천사'라는 위로까지 받게 된다. 동시에 이 영화의 원제인 'We need to talk about Kevin', 즉 '우리는 케빈에 대해 이야기할 필요가 있다'라는 화두에 걸맞게, 사람들은 케빈이 왜 악마가 되었는지를 추리하기 시작한다. 그리고 대부분은 사회적으로 잘나가던 엄마가 케빈을 낳고 제대로 애정을 주지 않아서 아이가 그렇게 된 거라는 결론을 내린다. 그러니까 케빈이 사이코패스 혹은 소시오패스가 된 것은 순전히 엄마 때문이라는 논리다.

사건의 인과관계가 명확해야 직성이 풀리는 관객들 입장에서는, 어떤 식으로든 케빈이 악마가 된 이유를 찾아내야 했을 것이고, 그중 엄마에게 귀책사유를 돌리는 것이 가장 그럴듯해 보였을 것이다. 불친절하게도, 감독은 케빈의 비행에 대해 그 원인을 자세히 설명하지 않았으니, 관객들이 그렇게 생각하는 것도 무리는 아니다. 그러나 나는 이런 식의 단편적인 영화 해석에 불편함을 느낀다.

몇 년 전부터 가족 상담, 청소년 상담 등의 대세는 문제아의 배후에 있는 문제 부모를 지목하는 것이다. '불량 청소년은 없고, 불량 부모만 있다'는 말까지 나올 정도다. '콩 심은 데 콩 나고 팥 심은 데 팥 난다'고, 부모가 어떤 행동을 하느냐에 따라 아이는 콩이 되기도 하고 팔이 되기도 한다는 주장이다. 모원병母原病이니 부원병夫源病이니, 하는 일본 번역서들도 부지런히 팔려 나갔다.

그러나 인간이 환경의 영향을 절대적으로 받는 동물이고, 또한 아이의 인격 형성에 부모와 가정환경이 차지하는 비중이 막대하다는 점을 인정하더라도, 아이 문제를 부모에게만 환원시키려는 사회적 분위기는 온당치 못하다고 본다. 사람이라는 생명체의 발달 과정을 한두 가지 잣대로 재단하고 해석하는 방식은, 문제 해결을 요원하게 만들 뿐만 아니라 또 다른 후유증을 만들어 낸다. 바로 부모에게 불안감과 죄의식을 불어 넣는 것이다.

우리 부모님들은 자식들을 한 끼라도 굶길까 봐 늘 불안해했다. 반면 요즘 부모들은 자신이 제대로 된 부모인지에 대해 불안해한다. 세상이 끝없는 경쟁 속에서 양육강식이라는 정글의 법칙을 노골화하는 시대에, 행여 내 자식이 뒤처질까 봐 부모는 아이를 닦달하고 앞으로 내몰지만, 홀로 있을 때 부모 가슴에는 죄의식 덩어리가 성큼성큼 자란다. '내가 혹시 아이를 망치고 있는 것은 아닐까'라는 회의감이 바로 그 죄의식의 정체다.

그 죄의식을 교육과 출판, 대중매체들이 놓칠 리가 없다. 엄마가 변해야 아이가 변한다며 엄마 개조 프로그램을 선전한다. 아이의 학원을 챙기는 것도 모자라 자기 변신까지 해 줘야 하는 엄마들은 기진맥진이다. 이 대열에서 이탈한 부모들은 대부분 자책감에 젖어 한숨만 쉰다. 그 뒤에서 아빠들은 교육의 결정권을 아내에게 양도한 채 아내의 불안을 모른 체하거나 책망하거나, 허세를 떨거나 갈팡질팡하거나, 몰래 불안해한다.

처음부터 부모라는 이름을 가지고 태어난 사람은 세상에 없다. 아이가 열 살이면 부모 나이도 열 살이다. 부모를 죄인으로 몰아가는 것이 아니라, 부모는 원래 미숙한 존재라는 것을 인정해 주는 세상이 정상이다.

또한 똑같은 부모에게서 자라도 한 놈은 사회적으로 존경받는 사람이 될 수도 있고, 한 놈은 깡패가 될 수도 있는 것이 각각의 집에서 벌어지는 실제 상황이다. 설령 케빈의 엄마에게 어떠한 문제가 있었다 해도, 그것이 케빈이 저지르는 온갖 악마질의 구실이 될 수는 없다. 우리가 케빈에 대하여 이야기할 필요가 있다면, 그 이야기는 '사사건건 엄마 탓 좀 하지 말자'는 것일 테다.

그러므로 공연히 세상의 회오리에 휩쓸리지 말고, 차라리 나는 부족한 부모라는 것을 뻔뻔하게 인정하자. 부모로서의 성찰은 게을리하지 않되 양육과 교육에 관한 자기 심지를 단단히 하자. 나는 이것이 수십 권의 좋은 부모 되기 책을 읽는 것보다 더 중요한 일이라고 확신한다.

당신이 생각하는 바로 그것으로도 충분하다. 아이를 가장 사랑하며 어떤 문제가 있는지를 가장 잘 알고 있고, 가장 많이 고민했

홀로 있을 때 부모 가슴에는 죄의식 덩어리가
성큼성큼 자란다. '내가 혹시 아이를 망치고 있는 것은
아닐까'라는 회의감이 바로 그 죄의식의 정체다.
그 죄의식을 교육과 출판, 대중매체들이 놓칠 리가 없다.

고, 누구보다 더 많이 자책하고 있는 사람이 바로 당신이기 때문이다. 훈수꾼은 영원히 훈수꾼이다. 그들에게 휘둘리지 말고, 상처도 받지 말고, 당신의 뚝심으로 나아가라. 지치지 말고, 오래 달리겠다는 마음으로.

학교를 설렁 안 간들 어때

"아빠가 좋아, 엄마가 좋아?"

이 질문만큼이나 부모가 아이에게 많이 던지는 질문이 있다.

"나중에 커서 뭐가 되고 싶어?"

두 가지 말 모두 질문이라기보다는 질문의 형식을 가진 놀이라 할 수 있다. 질문자도 질문을 던지며 심각하지 않고, 대답하는 아이도 그 질문 앞에서 머리를 싸매고 고민하지 않는다. 부모 둘 중 누가 좋은지에 대해, 아이는 어느 정도 크면 정치적인 답변을 준비한다. 어떤 답을 했을 때, 자기에게 이로울 것인지를 계산하는 것이다. 바로 그때부터 부모는 더 이상 이런 식의 질문을 하지 않는다.

그러나 나중에 커서 뭐가 되고 싶으냐는, 아이의 미래에 대한 질문은 아이가 성인이 되기 전까지 멈추지 않는다. 이 질문에는 부모의 욕망이 훨씬 더 많이 반영된다.

아이는 이 질문에 대해 어느 시기까지는 정확히 자신의 나이에 맞게 대답을 한다. 유아기 때는 "엄마(혹은 아빠)가 될 거야"라는 답이 가장 많다. 자기 눈에 가장 전지전능한 힘을 발휘하는 사람을 자신의 역할 모델로 설정하는 것이다. 글을 읽을 나이가 되면, 과학자, 대통령 같은 위인전 속 직업이 주를 이룬다. 초등학교 저학년은 조금 더 현실적이어서, 마음껏 뛰어다닐 수 있는 운동선수나 돈까지 벌며 게임도 할 수 있는 프로게이머가 되고 싶다고들 많이 이야기한다.

여기까지는 좋다. 아이가 무슨 답을 하든, 부모는 그저 제 아이가 대견하고 귀엽기만 하다. 그러나 아이가 초등학교 고학년이 되면서부터는 이 질문이 더는 장난이 아니게 된다. 부모가 갑자기 진로상담사의 옷을 입는 것이다.

대부분 부모는 아이에게 뭐가 되고 싶으냐고 묻기 전에 일차적으로 자기 검열을 한다. 아이가 무엇을 하든 정말 원하는 것을 했으면 좋겠고, 아이가 선택하는 것이라면 그것을 존중할 준비가 되어 있다고 생각한다. 그러나 언제나 '이왕이면'이라는 전제가 들러붙는다. 하도 물어보니 어쩔 수 없이 만화가가 되고 싶다고 솔직히 말해 버린 아이에게, 부모는 이렇게 말한다.

"그러니까 네가 하고 싶은 만화가도 좋은데 말이다. 이왕이면 의사를 하는 게 어때? 엄마, 아빠 몸이 아플 때 네가 치료도 해 주고 좋잖아. 물론 모든 직업은 소중한 거고, 엄마, 아빠는 네가 무엇을 하든 너의 자유라고 생각한다만."

그러니까, 의사가 되라는 소리다.

그러면서 부모는 또 마음이 급해진다. 도대체 이 아이가 커서 뭐가 되려고 그러는 건지, 목표에 대한 현실 감각이 너무 떨어지는 것 같다며 고민한다. 누구네 아이는 중1에 벌써 사진가가 되겠다고 했다는데, 누구네 아이는 초등학교 오 학년 때 요리사를 목표로 잡았다던데, 우리 아이는 그냥 공부하라면 하고, 학교 가라면 가고, 너무 수동적으로 크는 것은 아닌지를 걱정한다. 자기 아이가 말한 만화가라는 직업은 이미 안중에도 없다. 일찍부터 목표를 설정해야 실현 가능성도 더 큰 것이 아니냐고 한숨을 폭폭 쉴 뿐이다.

그러나 아서라, 말아라. 모든 것은 부모 욕심이다. 아무리 시대가 다르다지만, 우리가 자신의 진로에 대해 고민한 것이 대체 언제부터였는지를 생각해 보자. 초등학생 때였나? 중학생 때였나? 놀기 바쁘고, 자기 성장에 정신 못 차리고, 친구와의 관계에 대해 고민하고, 이성에 눈 뜨기 시작했던 사춘기까지, 우리가 언제 이다음에 커서 뭐가 되고 싶은지를 구체적으로 고민했었느냐는 말이다.

요즘 아이들도 마찬가지다. 아이들은 때가 되면, 자기 하고 싶은 것을 다 알아서 찾아 한다. 아직 어린아이에게 뭘 할 건지 이야기해 보라고 아이를 재촉하고, 아이가 자기 마음에 들지 않는 대답을 하거나 아예 묵묵부답이면 아이의 미래를 불안해하며 전전긍긍하는 것. 부모의 조급성이 원인이라는 진단 외에 달리 설명할 길이 없다.

주어를 굳이 삼인칭으로 할 것도 없다. 같은 부모, 같은 환경에서 키웠는데 딸과 아들은 달랐다. 성별의 다름도 있지만, 무엇보다 기질과 취향이 달랐다. 딸은 초등학교 때 대안 학교를 다닌 경험이 있다. 제도권 교육의 안정성보다는 대안 교육의 자율성이 더 좋았던 아빠의 선택이었다. 이후 학교가 문을 닫음으로써 다시 일반 학교로 옮겼지만, 어느 쪽이든 딸은 잘 적응했다. 한국이건 외국이건, 그런 것도 큰 문제가 되지 않았다. 부모 말에 순응적이었고, 공부도 잘했다.

그런데 고등학교 시절의 딸아이에게 나는 마뜩잖은 것이 하나 있었다. 자기 목표에 대한 고민이 없어 보인다는 것이었다. 성적을 올리겠다는 의지와 그것을 실천하는 성실성은 있는데, 그래서 무엇을 해야겠다는 생각은 좀처럼 안 하는 것 같았다. 만들어진 철로 위를 얌전하게 달리는 기차 같은 딸을 보면서, 이 이야기를 어떻게 해야 하는지, 하는 것이 좋을지 좋지 않을지를 고민했던 적이 있다.

아들은 애초 공부에는 크게 관심이 없었고, 인내심도 부족해 보였다. 노는 것, 감각적인 것만을 좋아하는 것 같아 마음이 쓰였는데, 초등학생이라 그럴 수도 있겠다 싶었다. 그래도 제 누이처럼 알아서 잘 하겠거니 했는데, 그러지 못했다. 그 아이의 방황이 워낙 폭풍 같고 장기전이어서, 아버지로서의 조급증은 거의 방황 초기에 집중됐다. 학교 하루 안 가면 큰일 나는 줄 알았고, 일주일을 빠지면 하늘이 무너지는 줄 알았다. 느긋할 여유는 당연히 없었다. 아들의 일탈은 그대로 아버지의 무책임과 동의어로만 느껴졌다. 피시 방을 쫓아다니며 아들을 잡아 왔고, 달래 봤고, 야단쳤고, 혼을 냈다. 일탈을 강제로 돌려서 제자리로 갖다 놔야 모든 것이 정상이 되는 것이라 생각했다. 당연히 내 마음대로 되지 않았다.

아내는 초반부터 나보다 훨씬 긴 시선으로 이 사태를 바라보았다. 아들이 집을 나갔을 때, 아내는 아이가 한두 해 늦게 학교를 가는 것이 뭐가 대수냐는 말을 했고, 나는 그 말에 약간 충격을 받았다. 그러나 뭔가 숨통이 트이는 기분도 들었다.

'학교를 남들보다 좀 늦게 가면 어때?'

이 생각은 곧,

'학교를 설령 안 간들 어때?'

로 바뀌었다. 조급함에서 느긋함으로, 내가 세운 원칙에서 상황이 만들어 낸 현실로 내 몸과 마음을 맞췄을 때, 내 호흡은 더 편해졌고 아이를 보는 시선은 더 부드러워졌다.

딸은 대학에 들어가면서 몸담을 동아리를 찾았고, 다음 방학에 떠날 여행을 설계하고 있으며, 졸업 이후의 진로까지 염두에 두고 있는 눈치다. 아들 역시 스스로 자기 자신의 삶을 고민할 것이라 믿는다. 인간은 애초부터 자기 방어에 관한 한 이기적인 본성을, 다시 말해 누가 뭐라 하지 않아도 자기 삶을 잘 가꾸려고 하는 욕망을 가지고 있다고, 나는 그렇게 생각하기 때문이다.

《B급 좌파》의 저자 김규항은 이런 말을 했다.

보수 부모는 당당한 얼굴로 아이를 경쟁에 밀어 넣고, 진보 부모는 불편한 얼굴로 아이를 경쟁에 밀어 넣는다.

이 시대를 살아가는 부모의 초상을 정말 예리하게 포착한 말이라고 생각한다. 그의 말에 내가 한 가지를 덧붙이자면, 요즘은 진보적이거나 보수적이거나 상관없이 모든 부모가 다 똑같이 조급하다는 것이다. 나도 그랬었다. 다만 지금은 덜 그럴 뿐이다.

/
지금,
필요한 것은 시간
/

다들 쉬쉬하고 있었다. 엄마도, 제 누이도 모든 것을 말하지는 않았다. 그들도 대충 비슷한 마음이었을 것이다. '사내애들은 다 저렇게 크는 거겠지', '사춘기가 조금 일찍 찾아온 것이겠지' 하는 마음. 그러나 엄마의 통제권을 벗어난 아이에 대해 아내가 내게 도움을 청했을 때, 아이는 이미 멈추지 않는 폭주 기관차가 되어 있었다.

컴퓨터를 아예 치워 버리거나, 컴퓨터 사용 시간을 설정하는 것은 미봉책이었다. 집을 나가면 한 집 건너 피시 방이 있었으니까. 아이디를 삭제 처리해도 소용없었다. 곧 새로운 아이디를 만들어 내면 그뿐이었으니까. 운동과 취미 활동을 중심으로 엄마가 스케줄을 관리해도, 게임에 빠진 아이의 머릿속은 온통 게임뿐이었다. 그것을 말리는 가족들과 하고 싶은 것을 하려고 하는 아이 사이의 전쟁으로, 집안에는 늘 살얼음판을 걷는 듯한 긴장감이 감돌았다.

당시 나는 상담을 배우고 있었는데, 이 문제에 대해 도반 선생들이 같은 부모 입장에서 이런저런 조언들을 해 주셨다. 한 분은 자신의 아들이 몇 년간 게임 중독에 빠져 있다가 올해 기적적으로 대학에 들어갔다며, 당신의 아들을 우리 집으로 보내 하루 동안 아이와 게임도 하고, 좋은 이야기도 하게끔 해 주겠다고 했다. 그리고 실제로 그 분 아들이 내 아들을 만나기도 했다. 어떤 분은 좋은 책을 권해 줘서 밤새 그 책을 읽기도 했다. 또 다른 분은 경주에 있는 대안 학교를 소개하면서, 그곳에 잠시 아이를 가게 하는 것이 어떠냐는 말을 해 주어, 그렇게도 해 봤다.

더러 '당신들이 내 집 상황을 뭘 그리 잘 안다고 그런 말을 하느냐'는 반감이 생기게 하는 조언도 있었다. 아버지 상담을 받아보라는 말에는 '내가 뭘 잘못했기에 상담 치료까지 받아야 하느냐'는 저항감도 들었다. 그렇지만 나는 대부분 다른 사람들의 말을 잘 따랐다.

아내도 그 무렵부터 모 종교단체에서 운영하는 상담 학교에 다니면서, 자기 마음 공부와 더불어 심리 상담 공부를 하기 시작했다. 어쩌면 길고 긴 아이의 부재를 아내가 견딜 수 있었던 힘은,

관심의 중심을 아이에게서 자신에게로 돌렸던 데서 생겼을 수 있다는 생각도 든다.

그러나 집으로 돌아온 아이가 다시 자기 방으로 들어 가 방문을 걸어 잠그고 낮과 밤이 바뀌는 생활을 하며 가족과의 소통을 차단했을 때, 그 막막함은 이루 말할 수 없을 정도였다. 그것을 견딜 수 있었던 것은 뜻밖에도 내 마음 수행을 지도했던 스승인 스님의 말씀 덕분이었다. 기러기 생활 초기에 남는 시간을 잘 보내고자 나는 마음 공부를 시작했고, 그때 서울의 모 선원에서 그 스님을 뵈었다. 당시 나는 불자佛子도 아니었고 수행이 무엇인지도 몰랐다. 아마 첫 시간이었을 것이다. 스님은 자신의 이야기를 해 줬다. 내가 오래 기억했던 말씀의 요지는 이것이다.

"중학교를 절에서 다녔어요. 부모님이 크게 의지하는 어떤 분에게 말씀을 듣기를, 이 아이는 한 삼 년 절에 있어야 살 수 있는 운명이라는 거였어요. 저도 스스럼없이, 그것이 미신이지 아닌지를 따질 새도 없이, 학교와 절을 오가며 생활했어요. 그렇게 한 이 년을 다녔고, 일 년만 있으면 집으로 돌아갈 때가 됐는데, 어느 날 학교에서 돌아와 보니 큰 스님이 입적해 있는 거예요. 그 모습을 제가 처음 발견했지요. 죽은 사람을 처음 본 것이었고, 저는 방에 잠자듯이 누워 있는 스님을 보며 덜덜 떨기만 했네요. 이런 게 죽는 것이구나, 죽음이란 이런 것이구나, 하는 생각이 걷잡을 수 없이 들었어요. 그리고 그때 이미 제 운명은 결정된 것 같아요. 절에서 내려오지 말아야겠다, 그냥 평생을 출가자로 살아야 겠다, 이런 생각을 한 거죠."

외국의 명문 대학에서 수학하고 한국 불교계에서도 저명한 명성을 얻고 있는 이 학승은 "결국 사람은 무엇이든 자기 시절을 만나야 하는 거죠. 여러분은 저와 하나의 시절 인연을 만들게 되었습니다"라는 말씀으로 첫 시간을 마무리 지었다. 그때만 해도 내 아들에게 어떤 일이 벌어질지를 감히 상상도 하지 못했을 때였다. 여하튼 그때 그 인연이 계기가 되어 나는 대학원에서 불교 철학을 공부하게 되었다.

그런데 닫힌 아들의 방문을 보면, 왜 스님의 그 말씀이 늘 떠올랐을까? 아들은 어쩌면 자기 시절을 기다리고 있는지도 모른다는 생각이 들었는데, 그런 생각을 하면 마음이 한결 편해졌다. 그리고 설령 그 시절이 아주 늦게 온다 해도, 그에 맞춰 살면 되는 것이라는 생각도 했다. 오히려 아버지인 내가 해야 하는 일은 아들이 자기 시절을 드디어 만나 무언가를 꽃 피우려 할 때 정신적이든 물질적이든 도움을 줄 수 있는 준비를 착실히 하는 것이란 마음도 함께 가지게 됐다.

그러나 아비의 마음은 늘 이리 갔다, 저리 갔다 한다. 아이에게 조금이라도 변화의 태동이 보이면, 그에 맞춰서 또 무언가를 해야 할 것 같은 마음이 살포시 고개를 든다. 얼마 전에는 내 모든 상황을 잘 알고 있는 친한 선배가 저녁을 함께하는 자리에서 조심스럽게 용하다는 무속인 이야기를 해 줬다. 그이의 기도력이 너무 좋아서 특히 사춘기 아이가 마음 잡게 하는 데 그렇게 효력이 있다는 것이다. 선배에게 무속인 이야기를 해 준 사람도 자기 아들이 가출을 반복해서 속을 끓였는데, 아들을 데리고 가서 기도를 청했더니 다음날 아이가 독서실을 가더라는 믿지 못할 이야기까지 전했다.

그 말을 하는 선배는 이런 이야기까지 하는 자신이 이상하다며 행여 마음 상하지 말라고 내 눈치를 계속 봤지만, 아들이 좋아진다면야 썩은 동아줄이라도 잡겠다는 부모 입장에서는 혹하는 마음이 생기는 게 당연했다. 나는 그 무속인의 연락처를 알려 달라고 했다.

다음날 그 무속인에게 대략적인 전화 상담을 했다. 아이가 함께 가지 않을 텐데 상관없느냐고 했더니, 부모만 와도 된다는 답변이 왔다. 그러면서 금액까지 알려 줬다. 생각보다 꽤 고가였지만, 아이가 내일부터 독서실을 제 발로 찾아 간다면야 그게 뭐 대수일까 싶기도 했다.

그리고 마침 스승 스님을 뵐 일이 있어 선원을 찾았고, 오랜만에 스님을 만나 아들에게 있었던 일을 이야기했다. 또 최근 이런 무속인에 대한 이야기를 들었는데 이런 기도를 받아도 되는지를 여쭤 봤다. 잠자코 듣고 있던 스님은 빙그레 웃으며, 당신도 재미 삼아 한때 사주 공부도 했고 에너지와 기운을 조금은 감지할 수 있다면서 아이의 생년월일과 시를 묻더니 잠시 명상에 들어갔다. 얼마 후 스님은 나를 향해 돌아앉으시더니 이렇게 말씀하셨다.

"윤 선생. 너무 걱정하지 마세요. 아들은 지금 가슴에 뭔가 큰 불덩이 같은 것이 있어서 그것을 자기 스스로 꺼야 합니다. 그리고 그것은 시간이 흐르면서 반드시 꺼지는 것이니 아들을 믿고 기다리십시오."

굳이 무속인까지 찾아가 기도하지 않아도 된다는 말씀이었다. 나는 얼굴에 화색이 돌아 다시 여쭤봤다.

"스님, 그런데 그 불이 언제 꺼질까요? 언제 아들이 철이 들까요?"

그러자 스님이 짧게 말씀하셨다.

"마흔 넘어서요."

누군가는 이 말이 그저 허탈하게 들렸을 수도 있다. 그러나 나는 스님의 저 말씀에 또 한 번 큰 위로를 얻었다. 스님이 정말 사주와 에너지를 보는 분인지는 알 수 없다. 어쩌면 그것은 그저 농을 던져 나를 편안하게 해 주려고 하신 퍼포먼스였는지도 모른다.

다만 "마흔 넘어서요"라는 그 한마디가 내게는 마치 '오래도록 아버지는 그저 아이의 뒤에서 산처럼 든든하게 아이를 지켜봐 주고 기다려 주면 된다'는 말씀으로 들렸다. 그렇게 생각하자 더없이 마음이 편안해졌다.

/
집안의 산보자들
/

집안의 산보자들

박찬일

아들은 아비 보고 쓰레기라 하고
아비는 아들 보고 쓰레기라 한다.
아비 보고 거짓말쟁이 사기꾼이라 하고
아들 보고 거짓말쟁이 사기꾼이라 한다.

아비는 아들 쪽을 보지 않고
아들은 아비 쪽을 보지 않는다.

집안의 산보자들.
그가 내 곁을 지나간 것처럼
내가 그 곁을 지나간 것처럼
아비와 아들은 지나간다.

아들이 이기게 되어 있다.
더 오랜 시간
거짓말쟁이 사기꾼이라 하기 때문이다.
살아서 안 행복하게 있고
죽어서도 안 행복하게 있을 거고
요약이 된다, 아비 인생이.

죽은 자는 말이 없지만
맞다, 아비는 거짓말쟁이 사기꾼이었다.
너는 거짓말쟁이의 아들이었다.
너는 사기꾼의 아들이었다.
거짓말쟁이의 아들이여, 거짓말쟁이를 낳기를.
사기꾼의 아들이여, 사기꾼을 낳기를.

아비도 만만치는 않다.

같이 안 행복했던 걸로 요약되자.

대~~한민국!

공원의 산보자들이 서로가 서로를 의식하지 않고 제 방향으로 길을 가듯, 공원보다 훨씬 좁은 집 안에서 아버지와 아들은 산보자처럼 서로를 무시하고 외면한다. 아들에게 죽을 때까지 거짓말쟁이 사기꾼이라는 말을 들은 아버지 인생은 불행하다. 그리고 아비가 한 욕보다 아들이 더 오래 아비를 욕할 것이니, 아버지는 싸움에서도 진 인생이다. 그러나 무덤 속에서도 아버지는 억울하다. 그래서 저주를 퍼붓는다. 너는 내 새끼다. 그러므로 내가 거짓말쟁이 사기꾼이면 너도 그러하다. 그리고 네 새끼도 그럴 것이다. 나 혼자 불행한 인생일 것 같으냐. 공평하게 불행해야지 죽어서도 내가 눈을 감는다.

아버지와 아들의 갈등을 이토록 적나라하게 그린 시가 또 있을까? 그리스 신화에서도 크로노스는 그 아비 우라노스를 거세하고 자기 아들 제우스에게 돌 더미에 묻혀 죽임을 당했고, 오이디푸스는 제 아버지 라이오스를 살해했고, 오디세우스도 자기 아들 텔레고노스에게 죽임을 당하는 등 아버지는 늘 아들에게 견제당하고 제거당했으나, 이 시만큼 노골적으로 부자간의 갈등을 그려내지는 않았다. 후대의 프로이트가 오이디푸스 콤플렉스를 통해 아들은 아버지를 극복의 대상으로 생각한다고 말했지만, 이 시처럼 적나라한 갈등을 설명해 내지는 않았다.

그러나 이것이 현실이다. 이 시가 그려 내는 것처럼 아버지와 아들의 불화는 어느 한쪽이 다른 한쪽을 일방적으로 박해하는 형태가 아니다. 그것은 양쪽의 대립이며 또한 양쪽의 불행인 것이 커 가는 아들과 늙어 가는 아버지가 있는 집안의 실상이다.

그리고 그것은 또한 내 집안의 이야기이기도 하다. 꿈에서도 상상한 적이 없었건만, 고등학교는 정상적으로 가겠다며 입학식까지 치른 아들이 다시 잠에 빠져 있던 3월의 어느 아침 이후 나는 내 아들과 '집안의 산보자'가 되었다. 느닷없이 달려드는 아이에게 엉겁결에 내동댕이쳐진 아버지는 그 며칠의 밤을 불면 속에 보내며 아들의 방 앞을 서성였다. 그렇게 며칠 동안 답 없는 아침을 맞은 이후 아버지는 아들을 보지 않고, 아들은 아버지를 보지 않는다.

나는 내 집에서 아들과 집안의 산보자로 지내며 대립하는 대신, 잠시 아들에게 내 집을 단독 활보할 수 있는 권한을 주기로 했다. 다시 말해, 아버지인 내가 집을 나온 것이다.

집은 가장이 일군 삶의 터전이니 집을 나가도 부모 뜻에 거역하는 자식이 나가거나 내쫓기는 게 마땅하다는 것이, 여전히 가부장의 의식에 갇혀 있는 내 생각이다. 그러나 발상을 바꾼다면,

돈과 힘을 가지고 있는 사람이 대안을 더 쉽고 안전하게 찾는 법이다. 이미 부자의 갈등이 극점에 다다른 것을 목격한 아내 역시 자식을 길거리로 내모는 대신 남편이 집을 비워 주는 것을 말리지 않았다. 자기의 시절을 만들기에는 여전히 시간이 더 필요한 자식에게, 아비 눈치를 보지 않고 차라리 편안하게 제 삶을 파괴하거나 망가뜨리거나 또는 다시 알아서 회복할 기회를 주는 편이 현명하겠다는 생각을 한 것이다. 어차피 아비의 컨트롤을 벗어난 아들이라면, 함께 있으면서 서로를 외면하고 무시하며 반목하는 산보자들 외에 달리 무엇이 될 수 있다는 말인가?

집 근처에 작업실을 하나 얻어서 나는 요리를 하고, 글을 쓰고, 책을 본다. 그리고 아버지로서 어떻게 자식을 관리할 것인가를 고민하기보다 내 후반기 인생을 어떻게 꾸려야 하는지를 더 생각하며 깊고 세밀하고 구체적인 인생 설계를 한다.

성인이 된 딸은 아빠의 작업실에 놀러 와 청소를 하고 아빠가 해 준 저녁을 먹은 후 집에 돌아간다. 아들의 경우, 그게 언제인지는 몰라도 저 스스로 아빠를 찾아올 때까지, 나는 기다릴 것이다. 그 전까지는 아들이 단독 산보자로서 편하게, 눈치 보지 않고, 가출의 동기를 느끼지 않고, 마음껏 자기 집을 활보하게 할 것이다.

우리는 각자 자기의 삶을 살고 행복해질 권리가 있다. 아버지도 그렇다. 다만 언제든 가족들이 가장을 필요로 하는 그때에, 그들의 든든한 배경이 되기 위해 체력과 애정을 비축하고 있으면 되는 것이다. 원시 시대의 아버지는 사냥과 전쟁터를 전전하다 집에 들어가면서 부성을 회복했고, 이 시대의 아버지인 나는 집을 나옴으로써 부성을 회복하려 한다.

결론이 무엇일지는 아직 알 수 없다. 다만 나는 이렇게 말할 뿐이다. 너희들의 앞날에 축복 있기를 그리고 나의 앞날에도 축복 있기를. 그리하여 함께 외치자. 대~한민국.

이 책의 마지막 글인 '집안의 산보자들'은 애초 본문이 아니라 마치는 글이었다. 그렇게 그 글을 마지막으로 탈고까지 했지만, 책은 나오지 않았다. 집안에서 아들과 산보자로 지내다 집을 나온 아버지가 아버지에 대한 글을 쓴다는 것이 위선적이고 부조리한 짓이라 생각했다. 내 사정을 들은 담당 에디터는 이 생각에 충분히 공감했고, 아파했고, 격려했다. 마침 자신의 출산 휴가도 있으니, 복귀 때까지 책 발간을 미루자고 했다. 그때까지 아들의 변화도 함께 보자고 했다.

작년 오월에 작업실로 나의 거처를 옮겼다. 여전히 아들은 자기 방에서 나오지 않았다. 아빠가 보내는 일상적인 문자메시지, 즉 "밥 먹었니", "같이 고기 먹자", "컨디션은 어떠니" 등에도 답장조차 주지 않았다. 그러다 반년이 지난 십일월의 어느 날 아침, 아이에게 짧은 답장이 왔다. 함께 살 때에도 답을 주지 않던 아이였으니, 아이의 답장을 받은 것은 꼬박 이 년만이었다. 그것을 받고 나는 메모장에 이런 시를 썼다.

아들아 잘 지내니
아들아 밥 먹자
아들아 뭐하니
답 하나 없는 문자를 보내며
대답 없는 아들이라도
죽은 아들보다 천 배 낫지
기다림을 주는 아들은
그래도 효자지

어느 날 주말
또 무심히
아들아 잘 지내니 보내 놓고
다리미질을 하는데
딩동, 문자가 왔네
네, 그럭저럭 잘 지내요

순간 손이 떨리고 눈물이 났네

너를 사랑한다고
지난 시간 다 괜찮다고
많은 말을 하고 싶었지만
이 년 만에 온 답장에
행여 아들이 부담이라도 가질까 봐
그래, 잘 지내라 그 말 한마디 했지
아버지도 잘 지내세요
다시 온 아들의 문자를 받고

아버지 아버지
아빠도 아닌 아버지
많이 울었네
아버지란 단어에 눈물 한 바가지 들어 있는 걸
처음 알았네

방 안에 머물던 아들이 다시 세상으로 나오는 그 변화는, 속도도 빠르고 보폭도 컸다. 아들은 아빠와 대화를 시작했고, 아빠에게 지난 사건에 대해 사과했고, 다시 집으로 들어 오라고 했다.

자기 인생을 낭비하면 안 될 것 같다더니, 올해부터 일 년 늦었지만 다시 학교를 다니겠다고 말한다.

너무나 바라던 일이었고 내심 기적 같은 변화라고 생각하지만, 나는 덤덤하게 이 모든 변화를 바라보고자 한다. 여전히 아이를 격려하고 지지하지만, 최소한 일희일비는 하지 않을 작정이다. 아들이 무언가를 하겠다고 할 때면, 그와 동시에 생겨나는 내 마음의 기대감을 보게 된다. 이제는 그런 것 없이, 어떤 방식으로든 아이의 변화를 지켜보기로 한다.

더불어 한동안은 아빠의 가출이 계속될 것이다. 아들에게 자기의 방황 공간을 주겠다는 의도는, 독립적이고 자기 개성을 갖춘 아버지로서의 삶을 준비하는 것으로 시즌2의 변화를 시작할 것이다. 오래도록 하고자 했던 세계 문학 전집 읽기와 책을 주제로 한 책 내기 그리고 명상이 시즌2에 내 독립 공간에서 할 일이 될 것이다.

그리고 여전히 아버지로서 고뇌할 것이다. 그러므로 이 책의 마치는 글에 마침표는 찍을 수 없다

이 책을 쓰는 데 영감을 준 책들

피터 그레이, 커미트 앤더슨 저, 한상연 역, 《아버지의 탄생》, 초록물고기(2011).

칼르 게바우어 저, 심재만 역, 《아버지로 산다는 것》, 예담(2004).

루이지 조야 저, 이은정 역, 《아버지란 무엇인가》, 르네상스(2009).

데이비드 베인브리지 저, 이은주 역, 《중년의 발견》, 청림출판(2013).

가와기타 요시노리 저, 장은주 역, 《중년수업》, 위즈덤하우스(2012).

사이토 다카시 저, 장은주 역, 《혼자 있는 시간의 힘》, 위즈덤하우스(2015).

송호근 저, 《그들은 소리 내 울지 않는다》, 이와우(2013).

그렇게, 아버지가 된다

2016년 3월 15일 초판 1쇄 발행
2016년 12월 5일 초판 3쇄 발행

지은이 | 윤용인
발행인 | 이원주
책임편집 | 김효선
책임마케팅 | 조아라

발행처 | (주)시공사
출판등록 | 1989년 5월 10일(제3-248호)
브랜드 | 알키

주소 | 서울시 서초구 사임당로 82(우편번호 137-879)
전화 | 편집(02)2046-2864·마케팅(02)2046-2883
팩스 | 편집(02)585-1755·마케팅(02)585-1755
홈페이지 | www.sigongsa.com

ISBN 978-89-527-8201-4 03810

알키는 (주)시공사의 브랜드입니다.